La toile oubliée

Du même auteur :

L'empreinte des ténèbres (2012)

Pour toi Anna (2014)

La villa des pierres suspendues (2015)

Chantal Jagu

LA TOILE OUBLIÉE

Roman

Photo Laura Lba

Maquette couverture Kevin Le Bleis

Chantal Jagu, 2015

ISBN : 978-2-9552979-1-9

Chantaljagusiteofficiel.wordpress.com

« Écrire pour donner du bonheur »

C.J

Chapitre 1

Montmartre au printemps avec ses touristes de toutes nationalités, ses boutiques colorées, ses peintres, son Moulin Rouge, sa butte célèbre avec la basilique du "Sacré-Cœur" qui domine tout Paris. Un décor de carte postale dont Annabelle ne se fatiguait pas.

Montmartre, un village dans Paris et une image des Français véhiculée dans le monde entier notamment avec le film « Le fabuleux destin d'Amélie Poulain ».

Annabelle vivait dans une de ces rues pavées si pittoresques et y avait même ouvert un atelier de peintre. Sa grande passion, la restauration d'œuvres d'art, mais les demandes se faisant rares, elle s'était donc spécialisée dans la copie d'œuvres célèbres, libres de droits. Les commandes étaient telles que son atelier ne désemplissait pas et les journées coulaient sous le flot d'innombrables amateurs d'art qui n'avaient pas les moyens de s'offrir les originaux.

La plus demandée était la Joconde de Léonard de Vinci. La copie n'était pas la préférence d'Annabelle, mais cela lui permettait au moins de boucler ses fins de mois sans soucis.

En ce début du mois de mai, la chaleur était accablante et l'été promettait d'être encore plus chaud. Cela n'était pas arrivé depuis des années et l'information était relayée par les différents médias, concernant cette canicule précoce et des flashs de prudence quant aux divers risques encourus par cette chaleur, déshydratation, insolation, inondaient les ondes radio et télévision. Annabelle ne quittait donc plus le fond de son échoppe. Installée auprès de l'air conditionné, elle peignait. Le ventre alourdi par sa grossesse avancée, elle laissait son amie Maude s'occuper de la clientèle et de tous les petits tracas inhérents au bon fonctionnement de la boutique.

À vingt-huit ans, Annabelle était célibataire et c'était un choix qu'elle assumait très bien. Abandonnée le jour de ses noces par l'homme, qu'elle croyait être celui de sa vie, elle ne désirait pas renouveler l'expérience. Elle avait eu trop de mal à se reconstruire. Sa peinture l'occupait assez pour se dire qu'elle n'avait pas besoin d'un homme dans sa vie.

Elle n'avait pour famille que sa sœur Charlotte qui voyageait pour son travail jusqu'à l'autre bout du monde. À cette pensée, la jeune femme soupira. Elles étaient vraiment très différentes l'une de l'autre et pourtant elles étaient sœurs jumelles. La ressemblance ne s'arrêtait qu'au physique. Elles étaient toutes deux brunes aux yeux bleus et il était difficile de savoir qui était Charlotte et qui était Annabelle. L'une était mannequin et l'autre artiste peintre. Une aimait les feux de la rampe et l'autre passait des heures à rêvasser devant la contemplation d'un tableau.

Un coup de pied, provenant du bébé qu'elle portait, la fit sursauter. Elle caressa doucement son ventre.

— Doucement mon petit. Si cela continue, je ne vais plus avoir de ventre. Je ne vois déjà plus mes pieds et je vais bientôt rouler comme un gros ballon.

Aussitôt, les coups cessèrent. La jeune femme sourit tendrement en caressant son ventre. Elle avait appris, au fil des jours et maintenant des mois, à l'aimer ce bébé et pourtant, bientôt, il ne serait plus à elle. Il était l'enfant de sa sœur.

La vie, jamais Charlotte n'aurait pu la donner. Elle souffrait du syndrome de Mayer-Rokitansky-Küster-Hauser. C'est-à-dire qu'elle était née sans utérus et par chance, Annabelle n'en était pas atteinte. À ce jour, les études de génétique moléculaire ne permettaient pas de retenir une anomalie génétique causale et c'était tant mieux. Comme le disait si bien Charlotte, c'était la faute à pas de chance.

Et comment refuser, le droit à la vie, lorsque l'on a qu'une sœur.

Charlotte aimait Maxime. Ils voulaient un enfant. Les choses n'avaient pas été simples. La loi française n'autorisait pas la technique des mères porteuses et cette même technique était condamnée par la loi et c'est pourquoi l'insémination avait eu lieu en Grande-Bretagne, pays qui autorisait cette mise en gestation par autrui. Le résultat était là. Annabelle serait maman et tante à la fois. Dans trois mois, ce joli bébé viendrait au monde et il rendrait heureux ses deux jeunes parents.

Mais Charlotte ne donnait plus de nouvelles. Cela devenait inquiétant, car jamais, auparavant sa soeur n'avait agi ainsi. Il ne se passait jamais une semaine sans que cette dernière n'appelle. Annabelle essayait de se rassurer du mieux qu'elle le pouvait. De toute façon, s'il était arrivé quelque chose à Charlotte, elle l'aurait su. N'étaient-elles pas jumelles ? Et elle ne ressentait rien qui aurait pu l'alerter. Était-ce à cause de l'enfant qu'elle portait ? Elle ne pouvait le dire, mais une chose était certaine, elle se donnait encore une semaine et si elle n'avait toujours toujours rien reçu, elle appellerait le siège social de la société pour laquelle sa sœur travaillait. Et peut-être même aussi la police.

Maude, son amie et assistante, s'approcha un thé glacé à la main.

— La future « maman » doit avoir très soif ! Cela fait un moment que je t'observe. Tu es trop soucieuse ! Ce n'est pas bon pour le bébé. Je suis sûr que d'ici quelques jours Charlotte va appeler !

— Oui, tu as sûrement raison. Cela doit être cette chaleur et mon état qui me confèrent cette inquiétude.

— Alors je t'annonce que tu ne vas plus avoir le temps de penser à autre chose qu'à la peinture. Ton carnet de commandes est plein. Je ne sais ce qu'ils ont en ce moment avec La Joconde, mais c'est le tableau le plus demandé. Ils ont dû tous faire un tour au Louvre.

— Ah, La Joconde reste un mystère. Cette Mona Lisa peinte par Léonard de Vinci n'a pas fini de faire parler d'elle.

— Tu as bien une idée ? Depuis le temps que tu la peins ! Homme ou femme ?

— Je ne sais pas. D'après l'histoire, il s'agirait du portrait de Lisa Gherardini, épouse de Francesco Del Gioncondo dont le nom féminisé lui valut le surnom de Gioconda. En français, La Joconde. C'était un génie et moi, ce que j'en sais, c'est que l'on n'a pas fini de parler de lui. Dans tous les cas, je le remercie, car il nous permet de manger à notre faim et de payer nos factures !

— Tu as raison ! Vive Léonard de Vinci ! Je me dépêche, voilà encore des clients.

Tout en sirotant son thé glacé, Annabelle songea à son amie. Que ferait-elle sans elle et dans son état ? Elles s'étaient rencontrées pratiquement en même temps que Charlotte lui avait présenté

Maxime. Maude, étudiante pour devenir dessinatrice de mode, cherchait un travail pour boucler ses fins de mois. Cela tombait à pic. Annabelle, avec les absences répétées de Charlotte, allait avoir besoin d'une assistante efficace. Annabelle décida donc de l'embaucher. Depuis peu et à cause de la grossesse avancée d'Annabelle, Maude était venue s'installer dans la chambre d'ami.

Pour rien au monde, Annabelle ne serait retournée en Grande-Bretagne où rien ni personne ne l'attendait. La France était sa patrie et à part un léger accent, rien n'indiquait qu'elle n'était pas native de ce coin de France.

Elle termina son verre et se remit au travail. La livraison de cette commande était prévue pour la fin de la semaine suivante et elle ne voulait en rien déroger à cette règle qui était la sienne. Respecter la date de livraison. C'était le seul moyen qu'elle avait trouvé pour fidéliser sa clientèle. La concurrence était rude notamment avec la Chine. Internet permettait en quelques clics de passer commande pour copie de telle ou telle œuvre d'art à un prix qui défrayait toute concurrence. Et elle n'aurait plus qu'à fermer boutique. Ce client-là, elle y tenait particulièrement. Il payait d'avance et savait reconnaitre le travail de la jeune femme. Ils ne s'étaient jamais rencontrés. Il avait passé commande par courrier et y avait joint un chèque dont le montant l'avait laissé sans voix.

Alejandro Marquez était un amateur d'art. En ce moment, elle copiait un tableau de Bartolomé

Estéban Murillo, dernier grand peintre espagnol du siècle d'or, représentant « La Sainte Famille dite La Vierge de Séville ». Et c'était la passion du moment de son commanditaire.

« La Sainte Famille » était la plus grande toile qu'elle avait reproduite jusqu'à maintenant. Deux mètres quarante par un mètre quatre-vingt-dix. Cela faisait six mois qu'elle travaillait dessus et, à cette constatation, une vague de tristesse l'envahit. Jusqu'alors aucune toile ne lui avait fait ressentir autant d'émotion à l'idée de s'en séparer. L'atmosphère de la toile était merveilleuse et Annabelle ne pouvait en détacher son regard. Bientôt, il lui faudrait l'envelopper et l'expédier.

Plus elle avançait dans sa grossesse, plus elle se sentait sensible aux choses et aux gens qui l'entouraient. Comme si son état lui avait conféré un sixième sens. L'amour rayonnait de cette toile et elle ne put empêcher les larmes de couler de ses yeux. Oui, bientôt, elle aussi, elle donnerait la vie.

Le temps passa très vite, sa peinture l'absorbait tant qu'elle ne se rendit pas compte de l'heure.

— Tu fais des heures supplémentaires ce soir ? demanda Maude.

Annabelle sursauta et lâcha son pinceau. Elle ne l'avait pas entendue arriver.

— Pour l'amour du ciel Maude ! Tu veux me faire accoucher avant terme ?

— Je suis désolée. Je pensais que tu m'avais entendue arriver.

— Non, non, c'est moi ! Toutes mes excuses. Tu n'y es pour rien. Je pense encore et toujours à ma sœur. Ce silence ! Ce n'est pas normal. Nous sommes jumelles. Je devrais ressentir quelque chose. Je ne comprends pas !

— Ce n'est pas la première fois qu'elle oublie de t'appeler !

— Oui, oui, bien sûr, mais cette fois-ci, ce n'est pas pareil. Je porte son enfant !

Maude s'approcha de son amie et lui toucha le bras en signe de compassion.

— Tu devrais te reposer. La journée a été longue. Monte te reposer pendant que je ferme la boutique.

— Tout à l'heure. Il faut d'abord que je nettoie mes pinceaux et que je mette tous ces tableaux dans le coffre.

— Bon et bien, on se retrouve dans un quart d'heure autour d'une petite tasse de thé.

Annabelle ne répondit pas, occupée qu'elle était déjà à ranger son matériel, mais son esprit était préoccupé par mille questions. Et s'il était vraiment arrivé malheur à Charlotte ? D'accord ! Son retour n'était prévu que dans une semaine, mais cette fois-ci les silences de cette dernière n'étaient pas pour la rassurer. Et si dans une semaine Charlotte ne donnait toujours pas signe de vie ? Ne devait-elle pas faire quelque chose tout de suite et aller voir la police ? Elle n'avait pas de preuve. Juste des inquiétudes vis-à-vis de sa jumelle. Serait-ce suffisant pour que la police ouvre une enquête ? Sa raison lui disait que non, mais l'amour qu'elle portait à sa sœur était au-dessus de tout. Même de la raison.

Elles avaient vécu une enfance heureuse autour de parents travaillant à l'ambassade de France en Grande-Bretagne. Les années collège et Facs made in England avaient fait d'elles deux jeunes femmes épanouies. Elles se ressemblaient vraiment et seule une petite marque sur l'épaule les différenciait l'une de l'autre. Elles étaient des jumelles parfaites et seuls leurs proches savaient faire la différence entre elles deux. Ensemble, elles avaient fait des études d'art, l'une dans la photographie et l'autre dans la peinture. Puis un jour, Charlotte rencontra Maxime. Et ce fut le coup de foudre. Elle devint l'égérie de ce photographe montant et bientôt sa plastique couvrit tous les magazines de mode. Depuis, elle ne cessait de voyager avec son ami et amant dans toutes les capitales du monde.

Annabelle, quant à elle, préférait une vie plus rangée ou l'art prenait toute sa forme devant un chevalet et quelques pinceaux. Son choix de vivre en France n'était venu qu'après le décès accidentel de ses deux parents dans un accident d'avion et quelques lettres trouvées dans une vieille malle provenant du grenier de la maison familiale. Une aïeule peintre avait vécu à Montmartre. La voie était ainsi toute tracée. Annabelle retrouverait le pays de ses ancêtres et s'installerait elle aussi au pied du Sacré-Cœur. Ces deux dernières années avaient été fécondes en évènements. Elle vivait de son travail, avait une nombreuse clientèle et elle portait l'enfant de sa sœur chérie. La nuit lui porterait conseil et elle se dépêcha de ranger son matériel. Demain, elle aurait des nouvelles de sa sœur. Elle en était certaine et comme pour répondre à cette certitude, le bébé, qu'elle portait, bougea.

Chapitre 2

Et c'est ainsi que les jours passèrent avec toujours cette même absence de nouvelles concernant Charlotte. Ce silence ressemblait à une sentence qui pouvait faire craindre le pire. Le téléphone restait terriblement silencieux quant à cette attente.

Annabelle dormait très mal et lorsqu'elle trouvait enfin le sommeil, tard dans la nuit, elle se réveillait toujours en sursaut tant son inconscient l'entraînait dans des rêves bizarres, créant ainsi la perspective d'un avenir incertain. Elle se levait plus fatiguée que la veille au soir à son coucher avec une impression d'être passée sous un rouleau compresseur tant son dos la faisait souffrir. En temps normal, elle aurait pris quelques moments de détente, mais elle était dans un tel état de nerfs qu'il n'y avait que sa passion, la peinture, pour lui permettre d'oublier un instant tous ses soucis.

La chaleur s'était accentuée sur Paris et Annabelle avait maintenant une très bonne raison pour ne plus quitter la fraîcheur de son atelier. De plus, avec ce beau temps, les touristes affluaient et le carnet de commandes se remplissait d'autant plus. Tout le monde semblait s'être passé le mot puisque le commanditaire de « La Sainte Famille » devait passer en personne chercher son tableau. Elle n'aurait donc pas à l'expédier. La nouvelle était arrivée la veille et Annabelle n'en revenait toujours pas. C'était la première fois qu'il se déplaçait en personne et Annabelle était tout excitée à l'idée de rencontrer cet homme qui, comme elle, était un passionné d'art. Elle ne voulait surtout pas perdre ce client qui n'était pas un simple touriste, mais un grand amateur d'art.

Maude avait donc été chargée d'emballer la copie de l'œuvre dans un étui de transport prévu à cet effet. Cette dernière s'imaginait l'inconnu sous les traits d'un vieux monsieur marchant avec une canne. Annabelle souriait à cette évocation, mais n'arrivait pas elle-même à se l'imaginer. Alejandro Marquez. Un nom pas commun du tout. Un nom qui appartenait à l'histoire. Elle le répéta plusieurs fois à voix basse et sourit. Le bébé, qu'elle portait, semblait lui aussi l'apprécier puisqu'à chaque fois qu'elle le prononçait, il lui donnait de petits coups de pieds.

— Tu as raison mon petit. Ce monsieur est notre gagne-pain. Il faudra tout faire pour qu'il passe de nouvelles commandes !

Puis elle caressa son ventre arrondi.

Annabelle ne savait pas à quelle heure ce monsieur Marquez devait passer. Elle décida donc de continuer son travail. De toute façon, elle n'aurait pas pu tenir en place.

La journée avançait inexorablement entre clients et peinture lorsque soudain la vitrine de la boutique vola en éclats. Ce fut comme une violente explosion qui surprit toutes les personnes à l'intérieur comme à l'extérieur. Des cris dedans, des cris dehors et des clients affolés qui sortaient en se bousculant dans la rue.

Annabelle avait aussi entendu et elle accourut aussitôt. Des milliers de bouts de verre jonchaient le sol et les étagères. Il y en avait partout. Les passants présents dans la rue s'attroupèrent pour constater les dégâts au travers d'une vitrine qui n'existait plus. Les quelques clients encore présents dans la boutique étaient choqués. Annabelle s'empressa de demander si personne n'avait été blessé.

Et par chance, personne n'avait été touché.

Une fois les premières émotions passées, Annabelle et Maude sortirent sur la rue et interrogèrent les passants. Aucun témoin pour expliquer comment cette vitrine avait été cassée. Elles se mirent donc au travail et commencèrent à ramasser les bouts de verre qui jonchaient le sol lorsque soudain Annabelle s'écria :

— Attends ! Je pense que nous devrions appeler la police !

— Tu crois ! Je suis sûre que ce ne sont que quelques gamins qui ont voulu s'amuser !

— En attendant d'en être certaine, j'appelle la police ! répondit Annabelle.

— Comme tu voudras. Cette vitrine cassée vaut toute la pub du monde. Il n'y a jamais eu autant de monde autour de notre boutique.

— Empêche-les de s'approcher trop près de la devanture. Il ne faudrait pas que quelqu'un se blesse.

Maude acquiesça d'un signe de tête.

Annabelle se dépêcha de regagner son atelier et composa le numéro de la police.

Le commissariat envoyait quelqu'un. En reposant le combiné du téléphone, la jeune femme se mit à trembler et des larmes coulèrent sur son visage. Ses jambes vacillèrent. Elle s'agrippa rapidement à une chaise et s'assit.

Elle ne tenta pas de retenir ce flot d'émotion qui ne semblait jamais vouloir s'arrêter. Cette fois, c'en était de trop. Elle ne sut combien de temps elle resta ainsi, lorsque soudain on frappa à la porte de son atelier. Elle sursauta. Elle s'essuya rapidement les yeux et le visage.

— Oui.

— C'est moi. Maude. Je ne te dérange pas. Je venais te dire… Mais tu as pleuré ! Annabelle, ça va ?

Annabelle hocha la tête et les larmes coulèrent de nouveau.

— Ne pleure pas. Je t'en prie. Tu me fais trop de peine. Ce n'est qu'une vitrine. Elle sera vite réparée.

— Je suis désolée. Je ne peux pas m'arrêter. Cela doit être le choc nerveux.

— Prends le temps de te remettre. Je m'occuperai de la police et Monsieur Marquez peut attendre.

— Quoi ! s'écria Annabelle. Il est arrivé ! Tu ne pouvais pas me le dire plus tôt ! Regarde à quoi je ressemble !

— Vous ressemblez à une madone, mademoiselle Dupuy. Permettez-moi de me présenter. Je suis Alejandro Marquez.

Il la regardait, posté à la porte de l'atelier.

La surprise enleva les mots de la bouche de la jeune femme. Annabelle n'avait jamais vu plus bel homme. Il était grand, brun et avec des yeux étonnamment bleus. Des yeux qui semblaient lire jusqu'au plus profond de l'âme lorsqu'ils vous regardaient.

Ils restèrent ainsi un long moment. Il n'y avait pas besoin de mots. Leur regard en disait long. Ils se plaisaient. Le temps sembla s'être arrêté. Maude, gênée devant ce silence, s'esquiva.

Annabelle ne pouvait quitter ce regard si bleu qui la captivait et l'envoutait à la fois. La réalité reprit place lorsque l'enfant qu'elle portait lui donna de petits coups. Elle recula en posant sa main sur son ventre.

— Je suis désolée, Monsieur Marquez de vous recevoir ainsi. En ce moment, tout ne se passe pas comme je le souhaiterais.

— Ne vous inquiétez pas. Votre amie m'a tout expliqué.

— Tout expliqué ? s'étonna-t-elle.

— Oui, l'accident avec la vitrine.

— Ah oui. La vitrine.

Annabelle sembla soulagée.

— Veuillez m'excuser. Je n'ai plus toute ma tête en ce moment. Trop d'émotions dans mon état, ce n'est pas bon ni pour le bébé ni pour moi.

— Votre époux devrait prendre soin de sa famille !

— Mon époux ? Quel époux ? Je ne suis pas mariée et je n'ai nul besoin d'un époux pour s'occuper de moi et de l'enfant que j'attends !

— Ah je me disais aussi ! Je ne voyais pas d'alliance briller à votre doigt.

— Oh, s'exclama-t-elle, en cachant ses mains derrière son dos.

— Et oui, mademoiselle Dupuy, il n'y a pas grand-chose que vous puissiez me cacher. Je sais par vos tableaux que vous êtes une très grande artiste, sensible jusqu'au fond de l'âme. Et de plus avec vos cheveux défaits et votre maternité avancée, vous ressemblez à la madone. La perfection.

Puis son regard ne la quitta plus.

Gênée, Annabelle recula d'un pas et attrapa l'étui contenant « La Sainte Famille ».

Discuter de son travail lui permettrait de reprendre ses esprits.

Alejandro Marquez déroula délicatement la toile et l'afficha sur le mur prévu à cet effet. Il ne disait rien. Il observait, scrutait le moindre détail. Le regard qu'il avait vis-à-vis de la toile était celui d'un connaisseur, d'un parfait amateur d'art. Lui seul parlait de détails, de techniques et aucun client avant lui n'avait agi ainsi.

Annabelle avait en face d'elle un connaisseur et, grâce à cela, sa timidité s'envola. Ils parlaient tous les deux le même langage.

Le temps passa très vite en sa compagnie. Parfois leurs mains s'effleuraient lorsqu'ils discutaient de tels ou tels détails du tableau. Cela était devenu un jeu et aucun des deux n'avait envie que cela s'arrête.

Puis la toile fut remise dans son étui. Un silence s'installa entre eux deux.

— Mademoiselle Dupuy, je suis enchanté par votre travail. « La Sainte Famille » aura une place de choix dans ma demeure. J'aimerais vous présenter quelques toiles. Ce sont des œuvres qui émanent des plus grands peintres. Et certaines sont terriblement abîmées. Elles auraient besoin d'être restaurées. Et je ne sais si vous accepteriez de venir chez moi dans le sud de la France pour les examiner.

—- Eh, je ne sais. Avec l'arrivée du bébé et la boutique…

— Prenez votre temps. Ne me répondez pas tout de suite. Réfléchissez-y. Je vous donne ma carte de visite.

La jeune femme prit le fin carton de bristol qu'il lui tendait. La situation avait pris un tour auquel elle n'avait pas songé.

Il lui saisit délicatement la main et y déposa un baiser. Annabelle se sentit fondre à ce contact. Elle n'avait jamais rien ressenti de tel auparavant.

— Portez-vous bien mademoiselle Dupuy. J'espère que nous nous reverrons bientôt.

Et sur ces derniers mots, il la salua d'un signe de tête et quitta l'atelier sans un regard en arrière.

Annabelle toucha sa main là où il avait déposé ses lèvres et huma la carte de visite. À cet instant, elle ressentit un grand vide dans sa vie. Travailler dans cet atelier ne serait plus pareil. Elle glissa le bristol dans son sac main puis laissa son regard s'attarder un instant sur son atelier.

— Alors ? s'écria Maude en accourant dans l'atelier. Comment était-ce ?

— Fabuleux, magnifique, extraordinaire…

— Tu veux dire que…

— Non ! Que vas-tu t'imaginer ? Disons que cet homme ne m'a pas laissée indifférente !

— Et lui ?

— Lui, je ne sais pas.

— Comment cela tu ne sais pas ?

— Il doit être ainsi avec toutes les femmes. C'est un Espagnol. Mais ne parlons plus de lui. Il va falloir s'occuper de la vitrine.

— C'est fait ! Il y avait justement un inspecteur de police non loin d'ici et il a intercepté ton appel. Le vitrier s'occupe de la vitrine.

— Déjà, s'étonna Annabelle. Mais quelle heure est-il donc ?

— Dix-neuf heures passées, ma chère. Vous êtes restées plus de deux heures dans l'atelier.

Annabelle regarda son amie. Comment était-ce possible ?

Cet homme l'avait envoutée et peindre pour quelqu'un d'autre que lui n'aurait pas la même saveur. Elle posa sa main sur son ventre arrondi et soupira. Son regard s'arrêta sur le miroir qui refléta son visage. Ses yeux brillaient et ses joues avaient pris quelques couleurs. La jeune femme resta pensive quelques instants.

Il fallait qu'elle l'oublie sinon elle ne pourrait plus se remettre au travail. Il y avait encore tant de choses à accomplir. Le bébé arriverait dans un peu plus de deux mois et Charlotte qui ne donnait plus signe de vie.

Chapitre 3

Deux semaines étaient passées. Annabelle s'était remise au travail. Elle n'avait toujours pas de nouvelles de sa sœur. L'agence, pour laquelle cette dernière travaillait, n'en savait pas plus. Les photos avaient été effectuées. Il n'y avait rien à ajouter. Charlotte avait rempli son contrat. Sa vie privée ne les concernait pas.

Annabelle connaissait par cœur la lettre qu'elle avait reçue quelques jours après l'incident de la vitrine. Comment pouvait-on écrire une telle lettre ? L'agence pour laquelle travaillait sa sœur n'avait-elle donc pas de cœur ?

Heureusement, il y avait Maude ainsi que son nouveau petit ami qui n'était autre que l'inspecteur de police qui s'était déplacé après que la vitrine ait été brisée. Ce dernier lui avait promis de l'aider. Il enquêtait discrètement en faisant appel à des confrères qui travaillaient en haut lieu dans la police.

Aujourd'hui, la boutique était fermée et Maude avait pris sa journée. Annabelle avait maintes choses à faire, notamment s'occuper de la venue prochaine du bébé de sa sœur. Cette dernière, avant son départ, lui avait laissé carte blanche quant au choix de la layette. Ce qui l'avait surprise sur le moment, mais bon c'était Charlotte.

En effet, leur caractère était complètement différent. Charlotte aimait le monde, la mode, les lumières de la rampe. Annabelle aimait sa petite boutique où elle pouvait laisser son art l'entraîner dans ses rêveries les plus folles. Bien qu'elle portait l'enfant de sa sœur, elle ne désespérait pas de trouver un jour le bonheur avec un homme qui partagerait sa passion bien qu'elle criait haut et fort qu'il n'y aurait plus jamais d'hommes dans sa vie. Annabelle ne se voyait pas vivre sans peindre. Elle avait besoin d'un foyer ou amour et chaleur l'aideraient à enrichir sa fibre artistique. Charlotte avait une vie amoureuse des plus tumultueuses. Ses aventures ne duraient généralement pas plus de trois mois, mais depuis qu'elle avait rencontré Maxime une nouvelle Charlotte était née. Sa sœur semblait enfin avoir trouvé le bonheur au point de vouloir un enfant. Annabelle avait longtemps hésité avant d'accepter, mais n'était-elle pas sa sœur ? Et Charlotte semblait tellement heureuse. Elle connaissait un peu Maxime pour lui avoir donné quelques cours sur une certaine technique de peinture. Il semblait le mari idéal pour sa jumelle, mais Annabelle se sentait mal à l'aise en sa compagnie. Elle n'arrivait pas à cerner cet homme qui rendait si heureuse sa sœur. Il restait une énigme. Et puis cette séance photo en Italie devait être la dernière. La dernière avant la venue du bébé.

Après ce long instant de réflexion, la jeune femme décida qu'il était temps d'aller affronter les boutiques réservées aux futures mamans. Elle aurait préféré consacrer cette journée de repos trop rare à cette époque de l'année à sa correspondance en retard. Elle se prépara donc à affronter le monde extérieur. Le téléphone sonna. Elle décrocha. Un silence au bout de la ligne. Elle raccrocha. Une erreur sans doute. La sonnerie retentit à nouveau. La jeune femme hésita un instant. Sa sœur essayait peut-être de la joindre. Elle décrocha donc.

— Oui ?

Pas de réponse.

— C'est toi Charlotte ?

Un bruit de forte respiration se fit entendre.

— Charlotte ?

Annabelle entendit encore quelques secondes cette respiration angoissante puis la personne au bout du fil raccrocha.

La jeune femme resta un long moment le téléphone toujours collé à son oreille. La surprise puis la crainte s'insinuèrent doucement en elle.

— Non, cria-t-elle, tout en reposant le combiné sur son support. Je ne me laisserai pas intimider par de sales gamins !

Son cœur battait très fort et ses mains tremblaient. Elle enfila sa veste et attrapa son sac à main. Sortir lui ferait le plus grand bien. Le silence de sa sœur prenait un tour trop mélodramatique. Elle n'avait pas encore fermé la porte à clé que le téléphone sonna de nouveau. La jeune femme ne répondrait pas. Elle se dépêcha de tourner la clé dans la serrure et prit la direction du funiculaire. Aujourd'hui, elle jouerait à la parfaite touriste.

Loin de la boutique, de ses soucis, elle prit le temps d'admirer le paysage. Elle avait oublié à quel point la ville de Paris était belle à cette époque de l'année. Elle flâna un peu en admirant elle aussi, comme des milliers de touristes présents dans la capitale, les monuments. La journée était magnifique et lorsque midi sonna à la cathédrale Notre Dame de Paris, elle se dirigea vers la terrasse d'un café où elle pourrait déjeuner tout en profitant de la vue. Elle réserverait son après-midi aux boutiques et à cet effet, elle prendrait un taxi. Cela faisait un moment qu'elle n'avait pas quitté la quiétude de sa boutique et elle s'aperçut qu'elle était déjà fatiguée. Elle manquait d'exercice.

Elle commanda le menu du jour et en attendant d'être servie, elle consulta sa liste de courses. Elle avait déjà acheté quelques petites choses qui n'avaient pas encore été livrées. Elle commencerait donc par le rayon layette et finirait par celui des lits et des landaus, sachant qu'elle ne porterait rien et se ferait expédier le tout. Elle n'y connaissait rien en bébé ! Ce bébé n'était pas le sien, mais celui de Charlotte. C'était normalement cette dernière qui aurait dû s'occuper de tout cela. Le temps passait, ce bébé ne pouvait arriver sans rien avoir à se mettre. À cette seule évocation, Annabelle sourit. Elle repensait à la dernière échographie. Sa sœur était présente. Elles avaient été toutes les deux émues aux larmes en voyant l'image du bébé, grâce à la technologie des ultra-sons, apparaitre sur l'écran de l'ordinateur. Le sexe du bébé, Charlotte ne voulait pas le connaitre. Et c'était peut-être aussi bien qu'il en soit ainsi. La naissance de ce bébé conserverait ainsi toute la magie de l'instant.

L'arrivée du serveur arracha Annabelle à ses pensées et tandis qu'il dressait la table de son déjeuner, elle laissa son regard errer sur les personnes qui l'entouraient et qui passaient commande. Deux hommes, attablés non loin d'elle, attirèrent son attention. Ils n'étaient pas là, cela elle en était certaine, lorsqu'elle avait pris place à la terrasse. Ils l'observaient sans aucune réserve. Devant ses deux regards perçants, la jeune femme détourna les yeux. Encore des touristes à la recherche du grand amour. Ce n'était pas la première fois qu'on la regardait ainsi et qu'on la confondait avec sa sœur. Parfois cela en devenait gênant. Annabelle n'aimait pas être scrutée ainsi. Pour se protéger de ses regards inquisiteurs, elle chaussa ses lunettes de soleil et continua son repas tranquillement. Cela ne suffit pas pourtant à leur faire lâcher prise puisqu'ils vinrent s'installer tout à côté de sa table. Ils parlaient dans une langue qu'elle ne connaissait pas, mais ce qui était certain c'était qu'ils parlaient d'elle. Elle se sentait épiée, jaugée pour chaque geste qu'elle effectuait. Cela en devenait insupportable. Elle n'avait plus faim. Sa bonne humeur s'était envolée, elle appela donc le serveur.

— Veuillez m'apporter la note, s'il vous plait.

— Bien Madame. Vous ne désirez pas un café ?

— Non, merci. Apportez- moi simplement la note.

— Bien Madame.

Lorsque le serveur quitta sa table, un des deux hommes le suivit. Elle poussa un ouf de soulagement. Dans quelques instants, elle aurait quitté cet endroit. Aujourd'hui, elle ne se sentait à l'abri nulle part.

Elle paya son repas et quitta rapidement la place. Elle se retourna plusieurs fois. Ils ne la suivaient pas. Elle pouvait ralentir le rythme. Il était encore trop tôt et les boutiques pour enfants ne rouvriraient qu'à quatorze heures. Cela lui laissait une bonne heure encore d'attente. Elle décida donc d'aller s'assoir sur un des bancs du jardin du Trocadéro et de là, elle pourrait admirer la vue sur la tour Eiffel. Elle trouva un banc libre et s'installa.

Marcher à ce rythme l'avait épuisée. Elle n'en pouvait plus. Ses jambes avaient gonflé avec la chaleur et par moment elle sentait son ventre se durcir.

« Il faut que je m'arrête d'avoir peur ainsi, pensa-t-elle, ou ce bébé naîtra avant terme. » Elle posa doucement sa main sur son ventre arrondi. Le bébé bougea. Elle se sentit aussitôt rassurée. Il allait bien. Elle décida de rester sur ce banc jusqu'à ce que les contractions cessent. Et quand elle se sentirait mieux, elle appellerait Maude.

La jeune femme ferma quelques instants les yeux. Une douce quiétude l'envahit malgré la douleur Elle se sentait tellement fatiguée. Elle n'avait qu'une envie, se laisser aller à dormir. « Oui, pensa-t-elle, je garde les yeux fermés encore trente secondes. » Le bruit des gens, des oiseaux, des véhicules s'éloignèrent petit à petit. Que n'aurait-t-elle donné pour que cette impression de bien être dure encore et encore.

Puis le banc crissa sous le poids d'une personne qui s'asseyait. Annabelle, tous les sens soudains en alerte, ouvrit aussitôt les yeux. Elle tourna la tête et rencontra les yeux noirs d'un des deux hommes de la terrasse où elle avait déjeuné.

Une folle terreur l'envahit. Elle voulut crier, mais il l'en empêcha en lui agrippant le bras. Une lueur dangereuse animait son regard.

— Où est le paquet ? demanda-t-il d'un ton menaçant.

Annabelle le regarda. Elle ne comprenait pas de quoi il voulait parler. Il avait un accent étranger dont elle ne pouvait situer la provenance.

— Où est le paquet ? répéta-t-il, en serrant plus fort le bras de la jeune femme.

— Le paquet ? Quel paquet ? Je ne vous connais pas ! Lâchez-moi ou je hurle !

— Vous ne ferez pas cela ! J'ai une arme dans ma poche et elle est pointée sur vous !

— Je ne comprends rien à ce que vous me demandez ! Vous devez faire erreur sur la personne !

— Non, il n'y a pas d'erreur. Vous êtes bien la sœur de Charlotte Dupuy !

— Ma sœur ? Vous connaissez ma sœur ? Que lui est-il arrivé ?

— Votre sœur était obstinée comme vous. Si vous ne voulez pas qu'il vous arrive la même chose, donnez-moi le paquet !

— Que voulez-vous dire ? Dites-moi où est ma sœur.

L'homme eut un rictus et un geste qui firent comprendre à la jeune femme que le pire était arrivé.

— Non, ce n'est pas possible ! Pas ma sœur !

La colère, le chagrin, l'incompréhension envahirent la jeune femme. Une folle envie de hurler la saisit. Elle se leva d'un bond du banc où elle était assise et frappa plusieurs fois l'homme à l'aide de son sac à main. Les passants s'arrêtèrent surpris, d'abord par la vision que donnait la jeune femme, puis dans un même élan du cœur ils se précipitèrent pour lui porter secours.

— Partout où vous irez, nous vous retrouverons ! , cria l'homme. Votre boutique est sous surveillance et nous ne vous laisserons pas un moment de répit !

— Je ne comprends rien à votre histoire de paquet !

— Vous ne serez plus jamais en sécurité nulle part et inutile d'avertir la police ! Il en va de votre vie.

Ce fut ses derniers mots. L'homme se sentit piégé et quitta les abords du jardin du Trocadéro en courant.

Annabelle tremblait de tous ses membres. La foule qui était maintenant attroupée autour d'elle lui proposa d'appeler la police.

— Non, non pas la police !

Il fallait qu'elle réfléchisse vite. Il n'y avait pas de temps à perdre. Ses pensées s'entrechoquaient. Soudain, elle ouvrit son sac et en sortit une carte de visite. Alejandro Marquez. Il habitait à deux pas. Lui seul pourrait l'aider.

Elle remercia rapidement les personnes qui l'avaient secourue et d'un pas décidé elle se rendit à l'adresse qu'indiquait la carte de visite.

Chapitre 4

La jeune femme n'avait jamais eu aussi peur de sa vie. Et c'est d'un pas qui ressemblait plus à une course qu'elle se rendit à l'adresse qu'indiquait la carte de visite. Elle se trouvait dans un état second. Oublié pour le moment qu'elle était enceinte. Oubliés commandes et clients. Une seule chose résonnait à ses oreilles : les paroles de l'inconnu. « Votre sœur était obstinée comme vous. » Ces quelques mots sonnaient comme un glas. Tout en continuant d'avancer, son esprit fonctionnait à deux cents pour cent. Elle ne prenait pas le temps de voir les choses ou les gens qui l'entouraient. Par chance, elle évita les obstacles qui se présentaient sur sa route. L'instinct de survie avait pris le relais. Une seule chose importait : Trouver Alejandro Marquez.

Annabelle se refusait à penser à quoi que ce soit d'autre. L'enfant et elle-même étaient en grand danger. Elle rejeta l'idée de prendre le bus ou même un taxi. Elle n'avait plus confiance que dans ses pas et tant qu'elle marchait, elle était vivante. Le nom de la rue qu'elle cherchait apparut enfin. Elle ralentit quelques secondes afin de lire le numéro indiqué sur la carte. Le vingt-deux. Il lui faudrait encore longer les grands magasins sur sa droite et elle pourrait bientôt apercevoir la porte. Il s'agissait d'un hôtel particulier. La jeune femme examina un instant la grande porte-cochère puis remarqua un interphone. Elle appuya longuement sur la sonnette et attendit quelques secondes. Rien. Pas un bruit. Elle réitéra son geste plusieurs fois. Toujours le même silence. Fatiguée par sa course folle, elle s'adossa tout contre la porte. Il fallait qu'elle se fasse la plus discrète possible. Elle resta ainsi vingt bonnes minutes, tournant le dos aux passants en donnant l'illusion qu'elle cherchait quelque chose dans son sac à main. Puis enfin, la chance fut avec elle. La porte s'ouvrit de l'intérieur. Un ouvrier, caisse à outils à la main, sortait. Annabelle profita aussitôt de l'occasion.

— Retenez la porte s'il vous plait. Je ne sais plus ce que j'ai fait de mes clés, lui demanda-t-elle de son plus beau sourire.

L'inconnu ne se posa même pas de question.

— Pas de problèmes madame, la salua-t-il, tout en tenant la porte grande ouverte.

La jeune femme le remercia d'un signe de tête et une fois à l'intérieur, elle laissa toutes ses émotions transparaître. Elle ne remarqua même pas que la lumière s'était éteinte. Son corps se mit à trembler puis les larmes jaillirent. Elle resta un long moment dans ce lieu sombre ou le témoin de l'interrupteur était sa seule lumière. Sa peur était telle qu'elle n'entendait que les battements de son cœur qui résonnaient à sa tête et sa respiration saccadée. Elle attendit ainsi de longues minutes. L'enfant qu'elle portait ne bougeait pas, semblant lui aussi en alerte. Annabelle caressa doucement son ventre jusqu'à ce qu'elle sentit le bébé bouger.

— Tout va bien, lui murmura-t-elle.

Aussitôt, elle le sentit remuer. Rassurée, elle longea le mur contre lequel elle s'était adossée afin d'atteindre l'interrupteur. Elle l'actionna et aussitôt elle découvrit l'endroit où elle se trouvait.

C'était un hall dont les murs étaient blanchis à chaux. Çà et là, quelques pierres apparaissaient. Le sol était en marbre et un immense escalier trônait en son centre. Une console, pour seul meuble, décorait la pièce. Annabelle agrippa la rampe de fer forgé noir et commença à monter. Elle était épuisée. Chaque marche montée lui rappelait combien elle était proche du terme. Elle arrivait au bout lorsqu'à nouveau la lumière s'éteignit.

— Flûte, maugréa-t-elle. Celui qui a réglé cette minuterie n'a pas pensé aux femmes enceintes !

Et elle termina de monter l'escalier en s'agrippant bien à la rampe jusqu'à ce qu'elle aperçut de nouveau le voyant de l'interrupteur de l'étage. À tâtons, et assurant chacun de ses pas, elle l'actionna. Aussitôt, elle découvrit une immense galerie ornée de fenêtres aux verres teintés qui couvrait les deux côtés de l'escalier. Un canapé, deux fauteuils et quelques plantes vertes habillaient l'ensemble. Une rambarde du même style que la rampe de l'escalier surplombait le rez-de-chaussée. Annabelle se pencha et son œil d'artiste ne put qu'admirer la beauté des lieux. Un magnifique parquet de chêne clair couvrait le sol, rendant l'endroit chaud et accueillant. Par sécurité, Annabelle appuya plusieurs fois sur l'interrupteur et avança. Il fallait qu'elle découvre une porte, car une porte il devait bien y avoir. Elle ne chercha pas longtemps. Dans un coin de la galerie, à l'abri des regards, une immense porte de bois d'une teinte légèrement plus foncée que celle du parquet empêchait d'aller plus avant. Pas de sonnette, pas de poignée, juste une serrure. La jeune femme frappa doucement d'abord et de plus en plus fort, mais rien n'y fit. Il n'y avait personne. Elle déambula encore un bon moment le long de la galerie. Les minutes puis les heures finirent par s'égrener. La fatigue eut bientôt raison d'elle et ce fut avec un réel soulagement que la jeune femme s'allongea sur le canapé.

— Je ferme les yeux cinq minutes. Juste cinq petites minutes…

À peine avait-elle dit ces quelques mots que le sommeil l'enveloppa tout doucement. Les bruits de la rue se firent de plus en plus lointains. La minuterie de l'interrupteur l'accompagna dans son repos en éteignant la lumière. Les lieux ne furent bientôt remplis que par la respiration tranquille de la jeune femme. Ainsi installée, elle restait invisible de tous, même du maître des lieux.

Tandis que la jeune femme dormait, la vie à l'extérieur continuait. Les pas des passants et le bruit des automobiles bercèrent son sommeil jusque tard dans la nuit. Ces lieux où elle avait trouvé refuge contrastaient fortement avec le dehors tant ils dégageaient une paix, une sérénité appartenant à une autre époque.

Le passé et le présent n'étaient séparés que par la lourde porte-cochère du rez-de-chaussée. C'est ainsi que les heures s'égrenèrent dans le silence du petit hôtel et durant ce long moment, rien ne vint troubler le sommeil de l'endormie.

Ce ne fut que tard dans la nuit qu'Annabelle s'éveilla. Le froid et les courbatures finirent par lui remémorer où elle se trouvait. Après avoir actionné l'interrupteur, elle consulta sa montre. Minuit passé. Elle avait donc dormi tout ce temps. Elle se dirigea à nouveau vers la porte de bois et frappa plusieurs coups. Aucune réponse. Alejandro Marquez n'était donc pas rentré chez lui. Que devait-elle faire ? Attendre jusqu'au matin ? Et s'il ne venait pas ! Aller voir la police ! Oh, non ! Elle avait trop peur. Et impossible de joindre Maude ! Son téléphone portable déchargé ne lui était d'aucune utilité.

Tant pis, elle devait risquer le tout pour le tout et retourner chez elle. Elle glissa quelques mots sur une carte de visite qu'elle trouva dans son sac et la glissa, avec difficulté dans le montant de la porte. Dès son retour, Alejandro Marquez ne manquerait pas de la trouver et il saurait quoi faire. Elle en était certaine.

Et comme elle était venue, elle repartit. L'ouverture de la grande porte-cochère du rez-de-chaussée résonna de nouveau dans le silence des lieux et la mise en route de l'interrupteur ne suffit pas à calmer les battements du cœur de la jeune femme. Malgré la saison, la fraîcheur de la nuit la saisit. Ses pas se firent hésitants un moment puis prirent de l'assurance. Elle n'avait plus le choix, elle devait retourner chez elle, faire quelques bagages et gagner un endroit sûr.

Dans ce dédale de rues qui n'avaient plus rien avoir avec ce qu'elle connaissait, elle réussit à trouver une station de taxis. Elle demanda au chauffeur de s'arrêter près du moulin rouge. À cette heure, il y avait encore du monde dans ce quartier. Elle pourrait ainsi regagner son domicile sans trop se faire remarquer et surtout s'assurer de ne pas faire une mauvaise rencontre.

Après cinq minutes d'observation, elle se décida et suivit un groupe de personnes qui se dirigeait dans la rue ou se situait sa boutique. Elle resta un peu en retrait pour ne pas que ce dernier s'étonne de sa présence et juste assez proche pour que quiconque les observât, elle semblait à la traine. Tout en marchant, elle chercha discrètement ses clés au fond de son sac. Et lorsqu'elle fut toute proche de sa boutique, elle pressa le pas pour qu'au moment où elle serait devant sa porte et entrerait, le groupe la cache. La clé ne semblait pas vouloir entrer dans la serrure. Pourtant, elle maintenait fermement la poignée relevée. Les mains tremblantes, elle essaya une seconde fois, mais le résultat fut le même. Désespérée, elle se laissa aller tout contre le montant de la porte espérant ainsi ne pas être vue et à sa grande surprise, la porte s'ouvrit sans peine. Annabelle comprit tout de suite que la serrure avait été forcée et que celui ou ceux, qui étaient entrés chez elle, avaient pris soin de refermer la porte pour ne pas éveiller les soupçons des autres commerçants du quartier.

La jeune femme n'alluma pas, l'éclairage des réverbères suffirait. Rien ne semblait au premier abord avoir été déplacé ou volé, mais lorsqu'elle ouvrit la porte de son atelier, un vrai désordre régnait dans la pièce. La jeune femme eut un haut-le-cœur en voyant des mois de travail ainsi mis à néant. Le ou les intrus avaient lacéré ses toiles et son matériel de peinture avait été détruit. Des tubes entiers de couleurs avaient été vidés sur le sol. Par contre, les essais de toiles effectués avec la technique au couteau par l'ami de sa sœur n'avaient subi aucun dommage. Un rire nerveux secoua la jeune femme et de désespoir, elle se laissa glisser le long du mur et s'assit sur le sol. Les larmes suivirent ce fou rire nerveux. Elle attrapa une des toiles. Il n'avait pas l'âme d'un grand peintre et Annabelle sourit lorsqu'elle se remémora l'insistance avec laquelle il lui avait demandé de lui apprendre cette technique qu'elle n'utilisait que trop rarement. Il mettait trop d'épaisseur dans ses traits et elle avait eu beau le lui dire, il insistait en disant qu'il trouvait cela plus esthétique. Certaines toiles seraient pour le bébé et elles serviraient à décorer sa chambre. Les autres, il les offrirait à des amis qui vivaient à l'étranger.

Le ou les intrus avaient tout de suite flairé que ce travail n'était pas celui de la jeune femme et avaient tout simplement ignoré ces toiles si spéciales.

Annabelle resta un long moment ainsi, assise. Elle n'avait plus la force de se relever et même de continuer. Elle se sentait tellement fatiguée et tellement seule. La seule personne, Maude, qui aurait pu l'aider était absente. Et prévenir la police, ce n'était même pas la peine d'y penser. Elle avait toujours en mémoire l'avertissement de ces inconnus.

Que devait-elle faire ? Rester et attendre le retour de son amie Maude ? Non cela n'était plus possible. Elle devait prendre une décision maintenant. Ces hommes étaient dangereux et désiraient quelque chose qu'elle ne possédait pas. Elle devait à tout prix se mettre à l'abri et il n'y avait qu'une seule personne qui pourrait l'aider. Alejandro Marquez. Lors de son passage à son atelier, il lui avait parlé d'une propriété dans le sud de la France et bien c'est là-bas qu'elle irait se réfugier. Bien sûr, elle ne connaissait pas l'endroit exact, mais elle allait trouver un endroit où se poser et faire des recherches sur place. C'était la solution. La seule solution. Lorsque son esprit accepta enfin cette décision, elle se releva et gagna son appartement à l'étage. Elle n'avait perdu que trop de temps à se lamenter. Il lui restait tellement de choses à préparer.

Elle attrapa tant bien que mal une valise juchée au-dessus d'une vieille armoire. Elle ne prendrait que le strict nécessaire et tant pis pour les achats effectués dans les boutiques pour enfants qui n'avaient pas encore été livrés. De toute façon, elle aurait été incapable de tout emmener. Elle pensa à mettre en charge son téléphone portable afin d'envoyer un petit mot à son amie Maude afin que cette dernière ne s'inquiète pas et commença ses préparatifs avec pour seul éclairage les réverbères de la rue et une lampe torche. Allumer la lumière aurait pu trahir sa présence et elle ne désirait nullement renouveler son expérience de la veille. Elle avait eu trop peur. Ces hommes ne reculeraient devant rien même pas devant le fait qu'elle soit enceinte. Ils lui en avaient déjà donné la preuve.

Une fois sa valise terminée, ses papiers, de l'argent et son portable dans son sac à main, elle descendit doucement les escaliers. Tous ses sens étaient en alerte. Aucun bruit n'émanait de sa boutique et c'est d'un pas plus confiant qu'elle termina de descendre de l'étage. Elle jeta un dernier coup d'œil autour d'elle, s'imprégnant de chaque détail puis quitta sa boutique sans un regard en arrière, en ayant au préalable vérifiée que personne ne la surveillait. Il était deux heures trente à sa montre. Elle trouverait encore facilement un taxi qui la mènerait à la gare du Nord. Les dés étaient jetés et tout retour en arrière était maintenant devenu impossible. Après une bonne dizaine de minutes de marche, elle repéra un taxi qui venait dans sa direction. Elle le héla et lorsqu'elle fut installée à l'arrière, elle poussa un profond soupir de soulagement.

Elle sentit aussitôt le regard du chauffeur se poser sur elle au travers du rétroviseur intérieur.

— Tout va bien ma petite dame ?

— Oui maintenant tout va bien. Conduisez-moi gare d'Austerlitz, s'il vous plait.

— Pas de problèmes. C'est parti pour la gare d'Austerlitz, répondit-il avec un grand sourire.

La jeune femme détourna la tête et ferma les yeux afin de retrouver une respiration normale. Tout ce stress n'était pas bon ni pour le bébé ni pour elle. Elle n'espérait qu'une chose : ne pas avoir été suivie. Une fois dans le train en partance vers le sud, elle pourrait tout à loisir réfléchir sur la suite à envisager.

Chapitre 5

Arrivée à la gare, Annabelle se dirigea vers un guichet et demanda un billet pour le sud de la France. À cette heure tardive, il n'y avait plus que des trains « Intercités ». Ce qui voulait dire que son voyage durerait toute la nuit puisque la spécificité de ces trains était de s'arrêter dans bon nombre de gares. Par chance, un lit était encore disponible dans le compartiment couchette réservé à la clientèle féminine.

La jeune femme s'empressa de payer son billet et rejoignit le quai ou stationnait le train. Et quelques instants plus tard, elle prenait place dans le compartiment. Par chance, la personne qui occuperait le second lit n'était pas arrivée. Cela lui laissait donc un peu de temps pour se remettre de ses émotions et pouvoir ainsi réfléchir en toute tranquillité.

Annabelle s'installa donc confortablement sur la couchette de droite. Il était temps qu'elle se repose un peu. Ses jambes présentaient un début d'œdème. Elle ne s'affola pas. Ce genre de problème, inhérent à sa grossesse, était courant pour bon nombre de femmes. La solution était simple et lui avait été conseillée par la sage-femme qui la suivait. Un simple coussin suffisait. N'en ayant pas sous la main, elle attrapa donc le second oreiller et le plaça sous ses pieds. Ce simple arrangement suffit à la soulager presque immédiatement. Maintenant, elle devait vérifier son sac à main. Elle le vida donc entièrement sur la couchette où elle était installée et énuméra à voix haute chacun des éléments qu'elle remettait en place. Elle avait bien tout ce qu'il lui fallait. Passeport, carnet de santé, et argent. Il ne lui restait plus qu'à essayer de rappeler Maude.

La sonnerie retentit plusieurs fois à son oreille puis la messagerie se déclencha. Annabelle n'avait plus le choix. Elle laissa donc un message à son amie relatant le pourquoi de son départ précipité et surtout qui elle comptait rejoindre. À peine eut-elle raccroché que la porte du compartiment s'ouvrit. Une vieille dame, coiffée d'un chapeau et d'un pardessus noirs et portant une énorme valise de cuir marron, entra. Surprise par cette arrivée, Annabelle voulut se relever.

— Ne bougez pas ma petite dame. Ce n'est que moi, Madame Béatrice, votre voisine de couchette pour ce voyage de nuit.

La jeune femme reconnut aussitôt ce doux accent du Surrey qui lui fit comprendre que son interlocutrice était de nationalité anglaise.

— Vous êtes anglaise ?

— Si l'on veut. Pour vous donner une explication claire. Je suis française, mais ai travaillé de nombreuses années en Grande-Bretagne. Un pays que j'affectionne tout particulièrement.

Et tandis que la vieille dame ôtait son chapeau et son manteau pour se mettre à l'aise, elle se permit d'ajouter.

— Je vois que vous êtes une parfaite connaisseuse de ce pays pour avoir reconnu cet accent.

La vieille dame semblait prête à entamer une conversation et Annabelle se sentit tout de suite en confiance. Elle s'assit donc sur sa couchette.

— C'est parce que moi aussi j'ai vécu un certain nombre d'années à Londres.

— Ah, c'est merveilleux ! Moi qui appréhendais ce voyage, je suis ravie de voir la tournure qu'il prend. Une si charmante compagnie n'est pas pour me déplaire. À l'allée, j'ai eu droit à une vieille fille qui n'a pas arrêté de ronchonner d'un bout à l'autre du voyage. Je ne vous cache pas mon inquiétude quant au retour !

Ce qui fit sourire la jeune femme.

— Vous n'habitez pas à Paris ?

— Oh, que non ! J'aime Paris pour y rester quelques jours, mais pas pour y rester toute la vie.

Mes vieux os ne le supporteraient pas et mon moral non plus ! Ma retraite, je veux la passer au soleil ! Et vous mon petit que faites-vous toute seule dans ce train et dans votre état ?

La question ne surprit pas Annabelle, mais que répondre.

Devant le silence de la jeune femme, Madame Béatrice s'excusa.

— Veuillez m'excuser. Je parle, je parle et ne réfléchit pas toujours aux conséquences. Que voulez-vous, déformation professionnelle. J'étais dans la police.

— Dans la police ?

— Eh oui ! Les apparences sont trompeuses, n'est-ce pas. Qui penserait qu'une vieille femme comme moi pourrait faire obstacle à des malfrats ?

— Je ne voulais pas dire…

— Non, non. Ne vous excusez pas. Je dirais que c'est cette particularité de ma personne qui en a fait ma force. Sans vouloir paraître être présomptueuse, j'étais la miss Marple de Scotland Yard. Mais assez parlé de moi ! Désirez-vous une petite tasse de thé ?

— Je ne voudrais pas abuser de votre gentillesse.

La vieille dame ne répondit pas et commença à sortir de son énorme valise tout le nécessaire.

— Pendant que je cherche le thermos et le sucre, pouvez-vous tirer la tablette afin que j'installe nos tasses.

Annabelle obtempéra sans un mot. Un coup de sifflet résonna sur le quai de la gare et le train s'ébranla doucement. La jeune femme poussa un soupir de soulagement. Instinctivement, elle posa la main sur son ventre.

— C'est pour bientôt ?

Surprise, Annabelle leva la tête et regarda son interlocutrice.

Le sourire bienveillant de la vieille dame la rassura.

— Encore deux mois.

— Le papa ne vous accompagne pas ?

— Non.

— Ah, je crois que j'ai touché un sujet sensible ! Je suis désolée. Je suis incorrigible. Ne vous sentez pas obligée de me répondre.

— Non, non. Disons que les choses ne sont pas simples.

— Prenez votre temps mon enfant. Et buvez votre thé tant qu'il est encore chaud. Un peu de sucre peut-être ?

Annabelle n'en revenait pas. Comment cette femme, dont elle ne connaissait même pas l'existence une heure plus tôt, pouvait converser avec elle comme si elles étaient de vieilles amies ?

La jeune femme n'était même pas effrayée, ni contrariée et se sentait en parfaite confiance. Cette façon d'être semblait innée pour cette femme à laquelle elle ne pouvait donner d'âge. Et Annabelle se sentait tellement seule.

— Prenez un biscuit. Cela ne pourra pas vous faire de mal dans votre état.

— Merci madame Béatrice.

— Point besoin de merci, mais appelez-moi plutôt Mildred.

— Mildred ? Pourquoi Mildred ? Oh, c'est votre prénom.

— Mildred Mack Farley était mon nom de couverture lorsque je travaillais pour Scotland Yard.

— Ah…

— Dès que je suis entrée dans ce compartiment, j'ai su que vous aviez besoin d'aide.

— Mais non. Voyons !

— Tut ! Tut ! Ma chère. Il ne faut pas me la faire à moi. Dites-vous plutôt que je suis l'ange gardien qui a été envoyé sur votre route. Une autre tasse de thé ?

Annabelle poussa un long soupir et se retint pour ne pas éclater en sanglots.

— Vous êtes fatiguée, à la limite de l'épuisement. Il ne faudrait pas que cet enfant arrive trop vite. Allongez-vous et détendez-vous. Vous êtes en sécurité et personne ne viendra nous déranger. J'ai ce qu'il faut pour cela.

Et la vieille dame montra son grand parapluie noir.

À sa vue, Annabelle manqua d'éclater de rire. Comment un parapluie pourrait-il arrêter des hommes armés ?

— Je vous vois venir avec ce sourire. Non. Je ne suis pas folle. Ce parapluie n'est pas un simple parapluie. Il m'a déjà sauvé la vie plusieurs fois. Il a une petite encoche au niveau du manche. Il me suffit d'appuyer à cet endroit et une pointe, semblable à un poinçon, sort. Le plus important est de connaitre les points stratégiques du corps humain afin de mettre à bas le ou les agresseurs.

— Je suis désolée. C'est nerveux. J'étais loin d'imaginer... Je ne voulais pas vous paraître impolie...

— Il m'en faut plus pour me vexer. Je pense qu'à votre place, j'aurais réagi de la même façon. Vous sentez-vous mieux maintenant ?

— Oui. Un peu. Il est vrai que ces dernières semaines n'ont pas été faciles.

— Racontez-moi tout et essayez de ne rien omettre. Parfois un détail peut tout changer.

La vieille dame sortit de son sac à main un calepin et un stylo et s'installa confortablement sur sa couchette. Annabelle commença son récit. Tout d'abord sa vie à Montmartre. Son atelier de peinture. Sa clientèle. Sa grossesse. Puis la disparition de sa sœur et tout ce qui s'en était suivi. Pour terminer sa présence dans ce train de nuit.

— Très intéressant. Vous avez la carte de visite de cet Alejandro Marquez ?

— Oui. Elle est dans mon sac.

— Ne vous levez pas. Vous me la montrerez plus tard.

— C'est important ?

— Tout est important dans une enquête. Vous pensiez donc le rejoindre.

— Oui. Je ne savais où aller.

— Moi je sais où vous allez aller !

— Où ? À part lui, je ne connais personne !

— Si. Vous me connaissez maintenant. Et il s'avère que dans ma maison, j'ai plusieurs chambres dont une, que je loue de temps en temps. Elle est libre en ce moment. Et si cela vous convient, je vous invite à vous installer chez moi.

— Je ne peux accepter. Cela serait abusé de votre gentillesse.

— Oh ! Détrompez-vous ! Je ne suis pas si gentille que cela. Il faudra le mériter votre gite et votre couvert en me donnant plus d'informations sur cette affaire. Pour l'instant, l'émotion a pris le dessus sur la raison, mais d'ici quelques jours, lorsque vous serez bien reposé, il vous reviendra en tête des détails que pour l'instant votre esprit a rangés dans la case « peu important » ! C'est le seul moyen que le corps humain a trouvé pour s'auto protéger. Et puis il vous faudra vous remettre à la peinture et préparer l'arrivée de ce bébé.

— Je ne pourrais ni penser à la peinture ni à la naissance de ce bébé tant que je ne saurais pas ce qu'il est advenu de ma sœur !

Mildred lui tapota la main.

— Je le comprends très bien, mais laissez-moi agir à ma façon du moins le temps que vous ayez repris quelques forces. J'ai encore des contacts dans la police et je me fais un devoir de vous aider.

— Mais….

— Pas de, mais mon enfant. Prenez cela comme un ordre venant du docteur.

Puis la vieille dame posa un plaid, sorti tout droit de sa grande valise, et le posa sur le corps de la jeune femme.

— Dormez maintenant. Je vous réveillerai un peu avant notre arrivée.

Puis la vieille dame alluma la veilleuse de sa couchette et éteignit le plafonnier du compartiment. Annabelle l'observa quelques instants. Mildred s'installa confortablement sur sa couchette et commença à lire. Annabelle s'endormit bientôt bercée par le bruit des pages qui se tournaient et le roulis du train. Un énorme poids venait d'être enlevé de ses épaules.

Chapitre 6

Cette première phase de profond sommeil ne dura pas. Les arrêts dans les différentes gares et les passagers circulant dans le couloir, à la recherche de leurs compartiments, réveillèrent souvent Annabelle. Elle ne compta pas moins de quinze haltes et lorsque, tôt sur le matin, elle trouva enfin le sommeil, son esprit énumérait encore le nom de toutes les gares où le train s'était arrêté. Son repos fut peuplé de rêves inquiétants ou elle devait sans cesse se cacher afin d'échapper à un danger qu'elle ne pouvait pour le moment pas identifier. Il lui semblait parfois entendre sa sœur l'appeler et lui demander de prendre garde à quelqu'un, mais à chaque fois qu'elle était prête à entendre ce nom, la voix de sa sœur n'était plus assez forte pour qu'elle puisse l'entendre. Épuisée par tout ce stress, elle s'endormit finalement d'un sommeil sans songes.

Il lui sembla qu'elle venait à peine de s'endormir lorsqu'elle sentit une main lui toucher doucement l'épaule. Annabelle, aussitôt tous les sens en alerte, ouvrit les yeux et s'assit rapidement sur sa couchette. Mildred lui parla aussitôt afin de la rassurer. La jeune femme soupira aussitôt de soulagement.

— Je ne voulais pas vous effrayer mon petit, mais nous arrivons bientôt à Sète, lui dit gentiment la vieille dame en lui tendant d'une main une tasse de thé fumante tandis que de l'autre elle ouvrait le store, faisant entrer ainsi la lumière du jour dans leur compartiment.

— Merci, lui répondit Annabelle, tout en prenant la tasse. Mais quelle heure est-il donc ?

— Il est 8 h 45.

— Déjà ! Et vous ? Vous ne prenez rien ?

— Oh, mon petit, il y a longtemps que j'ai pris mon petit déjeuner. J'avais beaucoup de choses à faire.

La vieille dame portait toujours la même tenue que la veille et pas un pli ne venait ternir sa tenue impeccable. Il en était de même pour sa coiffure.

Annabelle ne put s'empêcher de le lui faire remarquer.

— Je ne vous ai même pas entendu vous préparer ! Vous auriez dû me réveiller plus tôt !

— Ne vous inquiétez pas comme cela ! Vous êtes parfaite. Un petit coup de peigne suffira.

— Mildred, vous êtes trop gentille. Je dois avoir une mine affreuse ! J'ai mal partout et j'ai surtout l'impression d'avoir couru toute la nuit.

— Il est vrai que vous avez beaucoup bougé, lui répondit Mildred, tout en fermant sa valise.

— J'espère que je ne vous ai pas empêchée de vous reposer ?

— Si cela peut vous rassurer. Non. Vous ne m'avez pas empêché de dormir pour la simple et bonne raison que je n'ai pas dormi du tout.

— Comment se fait-il ? s'exclama Annabelle, toujours sa tasse de thé à la main.

— Chaque chose en son temps. Finissez votre thé et allez vous recoiffer dans le petit cabinet de toilette. Il y a un miroir. Je vous promets de tout vous raconter plus tard. Nous arrivons dans quelques minutes.

Annabelle se dépêcha de boire son thé et tandis qu'elle terminait de se coiffer, elle entendit le contrôleur, via les haut-parleurs du train, annoncer l'entrée en gare de Sète.

Sète, appelée aussi « L'île singulière » ou « L'île bleue », une ville très touristique pendant la période estivale et baignée par la mer méditerranée et l'étang de Thau. Une ville chargée d'histoire qui n'était pas pour déplaire à Annabelle qui prenait le temps de regarder avec ses yeux d'artiste tout ce qui l'entourait.

— Dépêchez-vous Annabelle, l'appela Mildred qui avait déjà trouvé un taxi et qui attendait la portière ouverte.

— C'est tellement beau. Cette lumière, cet air chargé d'embruns…

— Nous y reviendrons. Ne vous inquiétez pas. Pour le moment, il vous faut vous reposer un peu.

Et c'est un peu à contrecœur que la jeune femme obéit. Elle resta silencieuse un court instant. Mildred, une fois son adresse donnée au chauffeur se retourna vers la jeune femme.

— Voulez-vous que je vous conte un peu l'histoire de Sète ?

— Volontiers.

— Il faut savoir tout d'abord que le nom de la ville de Sète ne s'est pas toujours écrit de cette façon. Jusqu'en 1927, cela s'écrivait : C.E.T.T.E. En effet, le maire de l'époque, Honoré Euzet, s'appuya sur des arguments déjà avancés en 1793, c'est-à-dire trop d'équivoque avec le pronom, pour demander le changement de nom auprès des pouvoirs publics. Un décret valida cette demande. Et "Cette" devint officiellement "Sète" en janvier 1928. Et bien sûr, il y a le canal du midi. Louis XIV, désirant offrir un débouché au canal du midi, choisit Sète. Le 29 juillet 1666 naquit donc le port de Sète où ont lieu depuis des joutes nautiques. Le saint patron de la ville est Louis. Le souffle si particulier de cette ville a inspiré de grands écrivains, poètes et tournages de films. Je ne pourrais pas tous vous les citer, mais je peux vous

dire que Georges Brassens, Paul Valéry et le film
« César et Rosalie » en font partie.

— Il me tarde tant de découvrir cette magnifique
ville. Je regrette de n'avoir pu amener mon
matériel de peinture.

— Que je vous comprends mon enfant. Il ne
devrait pas être difficile dans cette ville de trouver
tout le nécessaire.

Un coup de pied du bébé qu'elle attendait ramena
aussitôt Annabelle à la réalité.

— Aie !

Le cri de douleur qu'elle poussa mit aussitôt
Mildred en alerte.

— Ne me dites pas que le moment est déjà venu ?
s'inquiéta la vieille dame.

— Non. Je pense simplement que ce bébé a voulu
me rappeler qu'il y avait plus urgent que la
peinture et que nous n'étions pas venus ici pour
faire du tourisme.

— Ce bébé a tout à fait raison, mais pour le
moment il n'est pas encore né ! Vous devez vous
reposer ! Je m'occupe de tout.

— Je dois pourtant savoir ce qu'il est advenu de
ma sœur et pourquoi on en veut ainsi à ma vie !
s'écria Annabelle.

— Doucement ma petite. La colère n'est pas
bonne dans votre état et nous ne devons pas faire
étalage de nos tracas dans ce taxi. Les murs ont
des oreilles partout ! Attendons d'être arrivées

pour pouvoir en parler en toute tranquillité et surtout en toute sécurité.

Annabelle dirigea son regard vers le rétroviseur intérieur et rencontra le regard du chauffeur. Mildred avait raison. Le danger pouvait être partout et elle ne savait pas quel visage il pouvait avoir en ce moment.

La vieille dame toucha le bras de la jeune femme afin de la rassurer. Annabelle sentit l'émotion l'envahir et elle eut soudain très envie de pleurer. Que serait-elle devenue si elle n'avait croisé le chemin de Mildred. Cette dernière sentit le désarroi de la future maman et tapota sa main en signe de réconfort.

— Pouvez-vous vous arrêter au prochain carrefour ? ordonna-t-elle au chauffeur.

— Bien sûr Madame, répondit-il simplement.

Annabelle regarda Mildred avec un air surpris et cette dernière lui fit comprendre d'un regard de ne pas objecter à la demande qu'elle venait de faire.

Elle fit un petit signe de tête en signe d'assentiment et n'ouvrit pas la bouche tandis que Mildred payait la course.

Ce ne fut que quelques minutes plus tard et que le taxi eut disparu de leur vue que la vieille dame reprit la conversation.

— Vous devez me prendre pour une femme un peu dérangée, mais nous ne saurions être trop prudentes. J'espère que vous ne m'en voulez pas de vous avoir demandé le silence. Nous ne savons pas encore à qui nous avons à faire et de quoi ils sont capables pour vous retrouver.

— Je comprends très bien Mildred. Tant de choses se sont passées durant ces dernières quarante-huit heures que plus rien ne peut plus m'étonner, répondit simplement la jeune femme.

— Nous allons terminer à pied. Il n'y en a pas pour plus de dix minutes. Je sais que vous êtes fatiguée, soucieuse, mais je vous promets que nous allons trouver une solution à tous vos problèmes.

— .Je m'inquiète tellement pour ma sœur. Et la police qui ne me dit rien !

— Pendant que vous dormiez ce matin, j'ai pris contact avec un ami qui travaille au "36 quai des Orfèvres".

— Mais c'est là que se trouve le siège de la police judiciaire ! interjeta Annabelle de surprise

— Tout à fait et cet ami doit me rappeler ce soir.

— Ce soir ! Je ne sais si j'aurais la force d'attendre aussi longtemps. Il me tarde tellement de savoir ce qu'il est advenu de ma sœur.

— Je vous comprends, mais mon expérience et surtout mon flair me disent que nous ne saurions être trop prudentes.

— Vous pensez réellement qu'il soit arrivé malheur à Charlotte ? Si cela était le cas, je ne m'en remettrais pas !

— Pour le moment, nous ne savons rien qui puisse nous faire craindre le pire !

— Mais ces hommes qui m'ont poursuivie, ma boutique dont la porte a été forcée et ces coups de téléphone ! Cela commence à faire beaucoup de choses !

— Regardez sur votre gauche, nous sommes arrivés, répondit simplement Mildred.

Annabelle regarda aussitôt dans la direction. Une jolie maison avec un petit jardinet donnant sur la rue s'offrait à sa vue. Plusieurs maisons du même style s'alignaient dans la rue les unes à côté des autres.

— Il me tarde de prendre une bonne tasse de thé. Ces voyages en train deviennent épuisants à la fin.

Annabelle suivait la vieille dame sans rien dire. Elle n'avait qu'une hâte, prendre un peu de repos. La chaleur de la matinée commençait à se faire sentir et les pieds de la jeune femme étaient gonflés par l'œdème.

Mildred sortit rapidement les clés de son sac et invita la jeune femme à entrer.

— Vous êtes ici chez vous Annabelle et la vieille femme, que je suis, est heureuse d'avoir un peu de jeunesse dans son humble demeure.

Annabelle remercia sa nouvelle amie d'un signe de tête et commença à regarder autour d'elle. Mildred avait un goût prononcé pour la Grande-Bretagne. Ce qui n'était pas pour déplaire à la jeune femme.

— Votre chambre est à côté de la mienne. Pour le moment je pense que nous allons éviter les escaliers. Venez voir la vue admirable que vous avez de cette fenêtre.

Et tandis qu'Annabelle regardait le paysage, les yeux perdus dans le lointain, Mildred s'activait à préparer la chambre. La jeune femme put ainsi s'étendre et lorsque, quelques instants plus tard, la vieille dame revint avec une tasse de thé, Annabelle dormait déjà.

Chapitre 7

Lorsqu'Annabelle ouvrit les yeux, elle eut beaucoup de mal à se remettre de l'endroit où elle se trouvait. La première frayeur passée, elle poussa un soupir de soulagement. Elle ne savait combien de temps elle avait dormi. Elle consulta son bracelet-montre, mais ce dernier ne put la renseigner sur l'heure. Les aiguilles s'étaient arrêtées sur seize heures quinze minutes. Annabelle suspecta qu'il était beaucoup plus tard que cela. Il ne faisait pas nuit, mais la clarté au-dehors ressemblait plus à un coucher de soleil. Aucun bruit ne filtrait de l'extérieur de la maison et il en était de même de l'intérieur. Doucement, la jeune femme se leva, enfila plus difficilement ses sandalettes qu'à l'accoutumée et se dirigea d'un pas incertain vers la fenêtre afin d'ouvrir les rideaux. Une curieuse douleur au creux des reins se fit soudain sentir. Annabelle s'arrêta net et agrippa le montant du lit.

— Non bébé ! Pas maintenant !

La douleur dura plusieurs secondes et disparut soudain comme elle était venue.

La jeune femme n'osait plus bouger et lorsqu'elle fut certaine que ce n'était qu'une fausse alerte, elle s'avança de nouveau vers la fenêtre et ouvrit les doubles rideaux.

Il était tard et çà et là, elle remarqua que les lampadaires des rues étaient déjà allumés. Elle avait dormi d'un sommeil de plomb et l'enfant qu'elle portait aussi. Pour se rassurer, Annabelle posa sa main sur son ventre arrondi et aussitôt elle sentit l'enfant bouger. Il lui sembla que le poids de son ventre était descendu plus bas. Elle avait encore deux mois à attendre. Elle se rassura en se disant que cette douleur n'était due qu'à la fatigue et à sa grossesse avancée. Un simple rappel à l'ordre sur son état. Elle chassa vite de son esprit l'idée d'une naissance prématurée et gagna les pièces voisines à la recherche de Mildred.

Annabelle trouva la vieille dame au salon. Cette dernière était assise dans un fauteuil et consultait un carnet noir.

À son entrée, elle leva aussitôt la tête.

— Annabelle. Comment vous sentez-vous ?

— Je vais bien. Un peu courbaturé peut-être, mais dans l'ensemble je me sens bien.

— Approchez. Approchez et installez-vous là sur ce canapé. Je vous ai gardé au chaud votre dîner. Vous devez avoir très faim. Je vais vous le chercher à la cuisine.

— Oh, laissez ! Je peux y aller.

— Ma petite, laissez-moi faire. Je n'en ai pas pour longtemps.

Annabelle ne répondit rien et acquiesça d'un signe de tête. Elle s'installa sur le canapé et en attendant son repas, elle laissa errer son regard sur la pièce. Les rideaux avaient été tirés et la pièce n'était éclairée que par une grosse lampe sur pied. Quelques aquarelles représentant des paysages ornaient les murs, quelques bibelots étaient placés çà et là sur les meubles, mais ce qui l'intrigua le plus c'est de découvrir des piles de livres posées à même le sol. Mildred était une grande lectrice. Cela, il n'y en avait pas de doute. Annabelle tendit la main et en attrapa un sur une pile qui se trouvait non loin d'elle. Il s'agissait d'un livre sur la criminologie. La jeune femme en prit un autre. Le titre était très explicite : « Il n'existe pas de crime parfait ».

Annabelle relâcha aussitôt le livre.

Mildred arriva sur cette entrefaite, un plateau dans les mains.

— Je ne pense pas que ce genre de lecture soit très conseillé dans votre état mon enfant !

— Je suis désolée. Je ne voulais pas paraître indiscrète, s'excusa aussitôt la jeune femme.

— Ne vous excusez pas. Vous êtes ici chez vous Annabelle. Tout cela est de ma faute avec ma fâcheuse tendance à tout laisser trainer ! , répondit la vieille dame tout en posant le plateau du dîner sur la petite table située près du canapé où était allongée son invitée.

— Je vous remercie Mildred, mais je ne sais si je pourrais faire honneur à ce repas. Je me sens un peu barbouillée.

— N'importe qui le serait avec tous ces évènements ! Pensez à l'enfant que vous portez et vous verrez l'appétit viendra.

Mildred laissa Annabelle seule devant son plateau et commença à ranger les piles de livres hors de la vue de la jeune femme.

Cette dernière ne voulant pas décevoir la vieille dame s'appliqua à essayer de manger un peu. Le repas était délicieux, mais l'estomac de la jeune femme semblait capricieux. Après quelques bouchées, la jeune femme repoussa l'assiette. Aussitôt alertée, Mildred vint s'assoir près d'elle.

— Que se passe-t-il mon petit ?

— Je ne peux rien avaler ! Je suis loin de chez moi ! Je n'ai plus de nouvelles de ma sœur ! Et pour couronner le tout, je suis enceinte ! Vous ne croyez pas que cela commence à faire beaucoup ?

— Oh, j'ai vu pire ! la rassura Mildred.

— Pire ! Moi jamais ! J'avais une petite vie bien tranquille avec une boutique qui tournait bien. En un instant, je me retrouve dans un véritable cauchemar ! Je pensais que vous alliez m'aider !

— Annabelle, ce n'est pas en une journée que je vais pouvoir démêler cette affaire. Pendant que vous dormiez, j'ai contacté l'ami dont je vous ai déjà parlé. Il a promis de me rappeler dès qu'il en saurait un peu plus.

— Je suis désolée Mildred, mais je me sens tellement inutile.

— Inutile ! Quelle idée ! Tous les renseignements que vous m'avez donnés m'ont été d'une grande utilité. Un détail parfois peut faire la différence !

— Vous croyez ?

— Ce n'est pas que je le crois, c'est que j'en suis certaine Annabelle !

— Je ne comprends pas ! s'exclama la jeune femme. Tout allait si bien et ma sœur allait être maman ! Pourquoi ? Je ne comprends pas ce qui se passe et ce que ces individus cherchent réellement ! Ils m'ont parlé d'un paquet. Quel paquet ? Je n'en sais rien ! Et ma boutique qui a été saccagée !

— Annabelle. Tout d'abord, je dois vous dire une chose importante. Mon ami a fait changer les serrures de votre boutique et une patrouille fait le guet. Pour mettre la main sur ses hommes, nous devons rester discrets.

— Mon amie Maude ne va pas comprendre. Elle avait pris une journée de congé !

— Ne vous inquiétez pas. J'ai déjà donné tous ces éléments et mon ami m'a assuré qu'il superviserait personnellement l'enquête. Votre amie sera mise au courant.

— Mildred. Comment vous remercier ?

— Votre présence est déjà pour moi une grande joie. Dès demain, il va nous falloir penser à préparer la venue de ce bébé.

— J'avais déjà fait le nécessaire et l'on devait me livrer ces jours-ci !

— Nous ne pouvons pas nous permettre d'être imprudentes et avertir la boutique de notre absence ! Le ou les livreurs trouveront porte fermée et repartiront avec la commande ! Je ne pense pas que cela soit la première fois que cela arrive !

— Vous avez sûrement raison Mildred.

— Demain, direction centre-ville et visite d'une boutique prénatale. Il faudra aussi que nous achetions de la laine et des aiguilles !

— Pour quoi faire ? s'exclama aussitôt Annabelle.

— Quelle question ! Pour lui tricoter de la layette bien sûr !

— Je ne sais pas tricoter !

— Quoi !

— Je vous dis que je ne sais pas tricoter !

— J'avais compris. Je ne comprends plus rien à cette jeunesse. De mon temps, on apprenait tout cela aux jeunes filles. La cuisine, la couture, comment tenir un ménage.

— Mildred. Les temps ont changé. Les femmes travaillent et n'ont plus le temps de coudre ou de tricoter. Vous savez, les hommes aussi savent maintenant passer l'aspirateur.

— Et bien tant pis ! Si j'avais eu une fille, j'aurais voulu qu'elle sache tricoter ! Moi qui me faisais une joie de préparer la venue de ce bébé. Dites ! Vous voulez bien que je vous apprenne à tricoter.

Devant la demande de la vieille dame, un élan de tendresse poussa la jeune femme à accepter.

— Mildred. Cela sera un grand bonheur pour moi d'apprendre à tricoter.

— Oh merci. Alors il faut vite que nous allions nous coucher afin que demain nous soyons en forme pour toutes les courses que nous aurons à faire.

— Je n'ai que très peu d'argent liquide sur moi Mildred et je ne pourrai pas utiliser ma carte bancaire.

— Ne vous inquiétez pas pour cela. Je vous avancerai l'argent nécessaire. Allez jeune dame, il est temps d'aller vous mettre au lit ! Je range ce plateau et je vais moi aussi prendre un peu de repos. Ma chambre est juste à côté de la vôtre. Si vous avez besoin de quoi que ce soit dans la nuit, n'hésitez pas et frappez contre la cloison. J'ai le sommeil léger et j'entendrai.

— Merci Mildred. Bonne nuit.

— Bonne nuit Annabelle.

La jeune femme regagna sa chambre le cœur un peu plus léger. Tous les problèmes n'avaient pas été réglés, mais au moins elle n'avait plus de soucis à se faire quant à la venue du bébé de sa sœur.

Avant de se coucher, elle mit son portable en marche. Toujours pas de messages. Elle essaya en vain de joindre son amie Maude. Même pas de sonnerie ! Juste la messagerie qui invitait à laisser un message. Déçue Annabelle l'était. Elle mit finalement son portable en charge puis se coucha. Il lui tardait que l'enquête avance. Nous étions au vingt et unième siècle. Les gens ne disparaissaient pas comme cela. Cette pensée l'aida à trouver un semblant de paix intérieure et cette idée en tête, elle finit par s'endormir.

Chapitre 8

Les courses durèrent la matinée entière et lorsqu'elles regagnèrent enfin le domicile de Mildred, Annabelle était épuisée. Le temps de préparer le repas du midi, la vieille dame lui conseilla d'aller s'allonger un peu dans sa chambre et l'accompagna afin d'y déposer tous les achats puis regagna sa cuisine.

Les paquets s'entassaient au pied du lit de la jeune femme. Elle était soulagée. Le bébé aurait quelque chose à se mettre pour sa venue au monde. Mildred n'avait pas lésiné et elle avait sorti des dizaines de billets. Annabelle sourit en repensant à la tête de la vieille dame lorsqu'une des vendeuses lui avait demandé si elle payait les achats par carte bancaire.

— Carte bancaire ? Trop compliqué pour moi. Du liquide ! Il n'y a que ça de vrai !

Devant le sourire penaud de la vendeuse, Mildred sortit un par un les billets de son sac et la menue monnaie de son porte-monnaie. Annabelle resta bien sage, un peu en arrière, attendant de pouvoir quitter la boutique.

Mais plus tard dans le taxi qui les ramenait toutes deux, Mildred tint à mettre les choses au clair.

— Vous devez vous dire ma petite Annabelle que quelque chose ne tourne pas rond dans ma vieille tête. Je tiens à préciser que j'ai bien une carte bancaire et que je ne l'utilise que très peu. C'est une habitude que j'ai conservée du temps que je travaillais encore pour Scotland Yard. Utilisez votre carte bancaire ou votre chéquier et vous êtes assurée que l'on retrouve très rapidement votre trace. C'est pareil pour le téléphone portable. C'est pourquoi je n'en ai pas et que je n'en désire pas !

— Comment faites-vous, s'exclama Annabelle.

— Vous savez ma petite, nous vivons dans une société de consommation. Si l'on s'écoute, on devient vite esclave ! Pour l'argent, je vais une fois par semaine à la banque pour aller chercher du liquide et le téléphone, eh bien, je téléphone de chez moi ! Et puis à mon âge, les besoins sont moindres.

— Et comment faisiez-vous lorsque vous travailliez ?

— Il y avait les télécoms et puis j'avais toujours une enveloppe toute prête pour les déplacements !

— Ah ! répondit simplement Annabelle. Tout semblait si simple et si facile avec la vieille dame. Comme la jeune femme l'enviait. Elle soupira. Une chose l'inquiétait pourtant. Elle n'avait pas fait mention à cette dernière qu'elle était en possession d'un portable. Que risquait-elle ? Bien sûr ce n'était pas à Mildred qu'elle pensait, mais à ceux qui étaient à ses trousses ! Son téléphone portable, elle ne l'avait pratiquement pas utilisé et elle prenait soin de l'éteindre après chaque essai, malheureusement infructueux, de joindre son amie. Elle avait tant besoin de savoir. Peut-être avait-elle eu un message en son absence. À peine rentrée, elle se dépêcha d'aller vérifier si son portable notifiait un appel en absence. Il y en avait bien un. Son correspondant n'avait pas laissé de message. Elle décida de retenter sa chance en composant le numéro de son amie Maude. Pour plus de sécurité, elle préféra, elle aussi, masquer son numéro. Trois sonneries puis un déclic lui annonçant que l'on décrochait.

---- Oui, répondit Maude.

— C'est moi, répliqua simplement Annabelle.

— Annabelle ! C'est toi ?

— Oui.

— Mais où es-tu ? J'étais folle d'inquiétude !

— Je vais bien. Je suis en sécurité.

— Tu vas bien ? Tu es sûre ? Mais où te caches-tu donc que je vienne te voir ?

— J'ai promis. Je ne peux pas te le dire.

— Comment cela tu ne peux pas me le dire ! Tu as oublié qui je suis ! C'est moi Maude ! Celle-là même qui s'occupait de ta boutique et qui avait une chambre chez toi !

— Je n'ai pas oublié ! Ne t'énerve pas ! Dis-toi simplement que je vais bien. Je dois raccrocher. Je te rappellerai dans quelques jours.

— Mais Annabelle…

La jeune femme ne laissa pas le temps à son amie d'en dire plus. Elle rappellerait Maude dans quelques jours. Elle éteignit son portable pour plus de sécurité et le plaça dans le premier tiroir de la commode sous quelques vêtements.

Quelques minutes plus tard, la sonnerie du téléphone du domicile de Mildred sonna. Le son strident du téléphone fit sourire la jeune femme lui rappelant, oh combien Mildred était attachée à son époque. Elle ne pouvait rien entendre de la conversation et ne savait si cela concernait son affaire. Elle ne voulut pas paraître impolie et attendit patiemment dans sa chambre et lorsqu'en fin elle entendit Mildred raccrocher et venir frapper à sa porte, elle poussa un ouf de soulagement.

— Le repas est prêt ma petite Annabelle, dit simplement la vieille dame.

— Oui. Merci. J'arrive.

La jeune femme jeta rapidement un coup d'œil au miroir afin de vérifier que son visage ne laissait rien transparaître de sa conversation avec Maude et se dépêcha de gagner la cuisine.

Mildred avait fait simple et c'était très bien. Quelques sandwichs au pain de mie attendaient la jeune femme. C'était parfait puisqu'Annabelle ne se sentait pas en grand appétit.

— Je suis désolée de ne pas avoir préparé quelque chose de plus consistant, mais cet appel téléphonique n'en finissait pas, s'excusa Mildred.

— C'est parfait. Je ne pense pas pouvoir avaler grand-chose, lui répondit simplement Annabelle.

— Cela n'a pas l'air d'aller, s'inquiéta aussitôt la vieille dame.

— Ce n'est qu'un peu de fatigue. Et puis je m'inquiète pour ce bébé à naître. Ma sœur se faisait une telle joie de l'arrivée de cet enfant ! Je ne comprends pas. Je ne comprends plus.

Puis la jeune femme éclata en sanglots.

Aussitôt la vieille dame s'approcha d'elle et la prit dans ses bras.

— Ne pleurez pas mon enfant. Cela n'est pas bon ni pour vous ni pour le bébé. Vous n'êtes plus seule et je vous promets de tout faire pour y voir plus clair dans toute cette étrange affaire. L'ami qui travaille aux « 36, Quai des Orfèvres » vient de m'appeler. Vous avez sûrement dû entendre la sonnerie du téléphone ?

Annabelle, entre les larmes, hocha simplement la tête.

— Il y a une bonne et une mauvaise nouvelle. Par laquelle voulez-vous que je commence ?

Annabelle sécha ses larmes et répondit simplement.

— Commencez par la bonne.

— Mon ami a envoyé plusieurs hommes de confiance sur place pour relever des empreintes et effectuer la procédure d'usage. Plus personne ne pourra pénétrer dans votre boutique sans être vu ! Cela devrait vous rassurer Annabelle.

La jeune femme poussa un ouf de soulagement et remercia Mildred d'un petit sourire.

— La mauvaise nouvelle est que mon ami n'a pas trouvé, pour l'instant, de trace de plainte déposée concernant la destruction de votre vitrine.

— Ah ! Je suis certaine d'avoir déposé plainte. Un inspecteur est même venu. Mon amie Maude pourrait le certifier !

— Je vous entends bien mon enfant. Il est vrai qu'à cette époque de l'année, les commissariats croulent sous les dépôts de plainte concernant des vols en tout genre qui sont surtout effectués sur les touristes. Votre plainte doit se trouver coincée quelque part entre un vol de portefeuille et un vol de sac à main. Si cette plainte existe, mon ami la trouvera.

Annabelle se trouva soudain rassurée. Il lui restait une question à poser et celle-là, elle redoutait déjà la réponse.

— Et pour ma sœur Charlotte ?

— Pour le moment, il n'y a rien de nouveau.

Mildred s'était approchée de la jeune femme et posa sa main sur son bras.

— Je ne comprends pas. Il ne s'agissait qu'une simple série de photos comme elle avait tant l'habitude de le faire. Charlotte était pressée de le faire ce travail ! Elle m'avait promis qu'elle serait là pour l'arrivée du bébé !

— Je comprends très bien votre inquiétude. Mon ami fait tout ce qu'il faut pour que l'on retrouve sa trace. Une chose importante est à signaler. Les hommes qui vous ont poursuivi dans les rues de Paris ne sont pas des débutants ! Nous devons être prudents ! Nous ne savons pas à qui nous avons affaire !

— Vous pensez que ma sœur est…

— Je n'en sais rien Annabelle. J'aimerais pouvoir vous dire que votre sœur va bien, mais je ne le peux puisque je ne sais pas ce qu'il est advenu d'elle. Je peux simplement vous répondre que tout espoir n'est pas perdu et c'est là-dessus que vous devez vous projeter.

— Cela va être difficile. Je n'ai plus qu'elle !

— Vous avez aussi ce magnifique bébé qui va voir le jour d'ici quelques semaines.

Annabelle porta ses mains à son ventre et sentit l'enfant bouger en elle.

— Vous avez raison Mildred, mais ce bébé est celui de ma sœur et non le mien.

— Pour le moment, le plus important, c'est que vous vous nourrissiez bien et que vous vous reposiez parce que lorsqu'il sera là, vous n'aurez plus une minute à vous. Mangez un petit peu et vous irez vous allonger après. Mildred s'occupe de tout.

Annabelle avala quelques bouchées en silence. Elle n'avait pas le cœur à parler avec Mildred. Elle ne pouvait s'imaginer continuer sa vie sans sa sœur avec en plus un enfant à élever. Ce petit être qui grandissait en elle, elle avait tout fait pour ne pas s'y attacher. Elle prêtait juste son ventre à sa sœur qui ne pouvait donner la vie. Elle avait tant de choses à s'occuper. Sa boutique, sa peinture. Elle savait qu'à partir de ce jour, elle devrait penser autrement. Un lien invisible avait toujours relié les deux sœurs. Il est vrai que depuis qu'elle était enceinte, les choses avaient changé. Et elle ne le remarqua vraiment qu'à partir de cet instant. C'était comme une forme de télépathie. Un moyen de savoir comment l'autre allait.

Mildred, toujours assise en face d'elle, l'observait en silence, comprenant ce que la jeune femme traversait.

— Si vous n'avez plus faim, vous devriez aller vous allonger. Je vous prépare une bonne tasse de thé, proposa-t-elle.

— Je vous remercie Mildred. Je ne suis pas de bonne compagnie.

— Vous êtes tout excusée. Il y a juste une dernière petite chose que je voulais vous demander. Il s'agit de votre amie Maude.

— Oui…

— Voulez-vous me redonner le nom de l'université à laquelle elle est inscrite ? Mon ami aimerait la contacter.

— Je crois que c'est Paris II ?

— Vous en êtes sûre ?

— Là, j'ai un doute. Pourtant…

— Mon ami n'a pas trouvé d'inscription au nom de Maude à cette Faculté. De plus cette université ne donne pas de cours dans cette spécialité.

— Ah ! J'ai dû faire erreur alors. Pourtant il me semblait bien que… Elle fait des études pour travailler dans la mode. À moins que cela ne soit pas à l'université, mais dans une école privée… Ah, je suis désolée Mildred. Je ne sais plus. Cela a-t-il de l'importance ?

— Eh bien ! Disons que cela serait bien que mon ami puisse lui parler. Vous auriez pu omettre des détails dans votre déposition.

— J'ai son numéro de téléphone si vous voulez. Je peux vous le donner. Je vais chercher mon portable.

— Vous avez un portable ! s'exclama aussitôt Mildred.

— Oui. Pourquoi ?

— Et vous l'avez utilisé depuis que vous êtes ici ?

— J'ai eu mon amie Maude au téléphone aujourd'hui ! J'avais déjà essayé de la joindre une ou deux fois, mais je tombais toujours sur sa messagerie. Et puis j'ai eu un appel d'un correspondant anonyme qui n'a pas laissé de message. C'est tout.

— Vous vous rappelez ce que je vous ai dit pour la carte bancaire. Il en est de même pour le portable. Il y a une puce à l'intérieur qui permet de savoir à tout moment où vous êtes !

— Mais je l'ai éteint à chaque fois !

— Ma petite Annabelle, nous ne saurions être trop prudentes !

— Et si ma sœur essayait de me joindre ?

— Ne vous inquiétez pas. Le téléphone de votre boutique a été mis sur écoute et des inspecteurs surveillent de très près votre quartier. S'il y a du nouveau, nous le saurons tout de suite. Vous allez me donner le numéro de votre amie et ensuite nous détruirons ce téléphone.

— Détruire mon téléphone ?

— Oui. J'ai une méthode toute simple. Il me suffit d'aller chercher mon marteau et de taper très fort sur la puce électronique !

— Comme vous y allez Mildred !

— Le temps de prendre mon marteau, inscrivez le numéro sur ce papier.

Annabelle s'empressa d'inscrire les dix chiffres. Quelques instants plus tard, Mildred jetait à la poubelle ce qu'il restait du téléphone.

— Les vieilles méthodes ! Il n'y a que ça de vrai. Allez-vous reposer. Je vous apporte votre thé dans quelques instants.

Annabelle ne demanda pas son reste et regagna sa chambre. Elle ne put s'empêcher de regarder par la fenêtre avec maintenant l'impression que la maison était surveillée. Elle frissonna bien que la journée était chaude et ensoleillée. Elle était gagnée par une grande lassitude. Un besoin de dormir, dormir et de se réveiller en découvrant que tout cela n'avait été qu'un mauvais rêve.

Lorsque Mildred arriva quelques instants plus tard, elle trouva la jeune femme endormie. Elle posa une couverture sur la forme allongée, tira les rideaux et quitta la pièce sur la pointe des pieds en ayant pris auparavant soin de ne pas fermer complètement la porte de la chambre.

Chapitre 9

Annabelle se réfugiait dans le sommeil pour oublier. Oublier qu'elle était maintenant depuis plus de deux mois sans nouvelles de sa sœur. Ces quinze derniers jours passés chez Mildred lui avaient paru les plus longs de son existence. Mildred faisait pourtant tout ce qu'il fallait pour occuper la jeune femme, mais cela ne suffisait plus. Tout était prêt pour accueillir le bébé. La jeune femme s'était essayée à l'apprentissage du tricot, mais elle avait vite abandonné. Sa peinture, sa boutique et sa vie parisienne lui manquaient terriblement et l'enquête concernant la disparition de Charlotte semblait toujours au point mort.

Elle se sentait l'âme d'une prisonnière et son état de santé s'en ressentait fortement. La jeune femme avait perdu l'appétit et le stress qu'engendrait cette attente provoquait des contractions. Le médecin, qu'avait appelé

Mildred, craignait une naissance prématurée si la jeune femme ne retrouvait pas rapidement un semblant de vie plus calme et une hygiène de vie normale. C'est-à-dire au moins, s'alimenter normalement.

Allongée sur une chaise longue devant la baie vitrée qui offrait une magnifique vue sur la ville de Sète, Annabelle attendait le retour de Mildred. La beauté du site ne suffisait pas à occuper l'esprit de la jeune femme. Elle n'avait qu'en tête le dernier appel téléphonique qu'avait reçu Mildred de son fameux ami de la police et qui lui demandait de se rendre à la poste principale. Un colis important attendait.

Le bureau de poste n'ouvrait qu'à neuf heures. À huit heures trente minutes, Mildred quitta la maison. Elle ne changerait rien à ses habitudes et prendrait les transports en commun. Annabelle ne comptait pas sur son retour avant dix heures. La jeune femme regarda l'heure qu'affichait la pendule. Il n'était que neuf heures. Encore une heure à attendre, soupira-t-elle. Elle ferma les yeux un instant, repensant aux jours heureux, notamment ses dernières vacances en compagnie de sa sœur Charlotte. Cette dernière semblait tellement heureuse, amoureuse. Tout cela ne devait être qu'un mauvais rêve et la jeune femme n'allait pas tarder à se réveiller pour retrouver sa vie d'avant. Une vie comme elle l'aimait. Une vie au milieu de sa peinture. Son seul amour dorénavant. La jeune femme somnolait laissant ces rêves la bercer doucement. Elle ne voulait plus bouger et rester ainsi longtemps, longtemps afin que tout le stress qui l'habitait la quitte enfin.

Des petits coups donnés à la porte d'entrée la firent soudain émerger de sa somnolence. Tous ses sens furent en alerte. Il était encore trop tôt. Mildred ne pouvait encore être de retour et de plus cette dernière avait ses clés. Annabelle ne bougea pas et attendit. Cela ne pouvait être qu'un représentant de passage. Les coups donnés se firent plus fermes et la jeune femme entendit des pas autour de la maison. Elle se leva aussitôt de sa chaise longue et alla se réfugier dans le couloir, seul endroit d'où elle ne pourrait être vue d'une fenêtre. La peur commença à l'envahir et il lui revint en mémoire l'épisode des hommes qui l'avaient poursuivie dans les rues de Paris. Elle essaya de calmer les battements de son cœur, mais rien n'y fit. Les coups frappés contre le montant de la porte continuaient et la jeune femme ne savait ce qu'elle devait faire. Elle posa sa main sur son ventre et le sentit se durcir. Les contractions revenaient. Il fallait à tout prix qu'elle se calme. Elle jeta un œil autour d'elle et décida de gagner la cuisine sans bruit. Peut-être pourrait-elle regarder par la fenêtre sans être vue. Il lui suffirait simplement de placer tout contre le mur et d'écarter doucement le rideau. Les contractions étaient toujours aussi fortes et la jeune femme se retint de pousser un cri. Non. Il était beaucoup trop tôt. Le bébé ne pouvait arriver maintenant. La jeune femme attendit que la contraction passe et se dirigea, sans bruit, vers la cuisine. Délicatement, elle écarta de quelques centimètres le rideau. Quelle ne fut pas sa surprise de découvrir qu'un véhicule de gendarmerie était garé sur le trottoir face à la maison de Mildred. À peine eut-elle fait cette constatation, une voix masculine empreinte d'autorité se fit entendre de l'autre côté de la porte d'entrée.

— Gendarmerie de Sète. Ouvrez-nous Madame ! Nous savons que vous êtes là !

Il fallait qu'Annabelle réfléchisse vite, très vite. Elle ne pourrait rester là, cacher à attendre, mais Mildred lui avait tellement parlé d'apparences trompeuses, de mystification qu'elle ne savait si gendarmes ou les personnes qui étaient à ses trousses. Une chose était sûre. Elle ne pourrait rester éternellement comme ça, cachée. Mildred avait beau dire, mais Annabelle devrait un jour retrouver sa vie d'avant.

Les coups sur la porte reprirent.

— Madame, nous avons un serrurier avec nous et nous allons ouvrir cette porte. Nous venons de la part de Madame Mack Farley.

— Mildred ! s'exclama aussitôt Annabelle pour aussitôt porter sa main devant sa bouche.

Il était neuf heures et trente minutes. Mildred n'allait pas tarder à revenir. La jeune femme ne savait plus quoi penser ou quoi croire. Elle jeta un coup d'œil à nouveau par la fenêtre. Une camionnette venait de se garer derrière le véhicule de la gendarmerie. Annabelle put y lire : « Jean Letourneur, serrurier ». Alors, c'était donc vrai se rassura-t-elle. Avant que le serrurier ne commence à s'épancher sur la serrure de la porte d'entrée, la jeune femme ouvrit.

— Oui ? demanda-t-elle simplement.

— Bonjour Madame. Gendarmerie de Sète.

Annabelle ne répondit rien.

— Pouvons-nous entrer ?

La jeune femme ouvrit grand la porte et laissa entrer les deux gendarmes. Le serrurier quant à lui repartit comme il était venu.

— Je vous écoute, commença-t-elle.

— Vous devriez peut-être vous assoir ? commença celui qui semblait être le plus gradé.

— Je vais bien, mais si cela peut vous rassurer, allons dans le salon, proposa malgré elle la jeune femme.

Une fois bien installé, le plus gradé prit donc la parole.

— Ce que nous avons à vous apprendre n'est pas des plus faciles à dire. J'irai droit au but. Madame Mack Farley a eu un petit accident.

— Un accident ! s'écria aussitôt Annabelle en se relevant de son fauteuil. Comment va-t-elle ?

— Elle va on ne peut mieux malgré les circonstances. Ne vous inquiétez pas. Madame Mack Farley n'a pas perdu connaissance. Il semblerait qu'elle n'ait qu'une jambe cassée et quelques contusions.

— Comment cela est-il arrivé ? Elle, qui est si prudente d'habitude ! s'exclama Annabelle.

— Elle ne se l'explique pas et nous non plus ! Selon les quelques témoins présents, il semblerait qu'un chauffard ait brûlé un feu rouge et est venu foncer tout droit sur Madame Mack Farley qui traversait les passages cloutés à ce moment-là. Elle sortait de la poste et venait de retirer un petit colis. Sans la rapidité d'esprit et de gestes d'un passant, je crois que Madame Mack Farley ne serait plus.

Annabelle se rassit. Les jambes soudain devenues flageolantes.

— Et cette voiture, vous l'avez retrouvée ?

— Non. Pas encore. Nous avons posé des barrages un peu partout et le signalement du véhicule a été transmis à de nombreux postes de gendarmerie. L'enquête va suivre son cours.

— Et où a été emmenée Madame Mack Farley ? s'inquiéta Annabelle. Je dois y aller tout de suite.

— À la clinique Sainte-Thérèse. On peut vous y déposer si vous voulez ? Mais avant, je dois vous remettre ce colis. Votre amie y tenait absolument.

Annabelle le prit et remercia le gendarme.

— Je prends mon sac et une veste et je vous suis, dit simplement la jeune femme.

Lorsqu'Annabelle, accompagnée des gendarmes, quitta la maison de Mildred, elle remarqua que de nombreux curieux s'étaient attroupés autour du véhicule de la gendarmerie. La jeune femme se dépêcha de monter à bord sans un regard vers tous ces gens qui l'observaient.

Le véhicule démarra quelques instants plus tard et elle sentit les larmes couler sur ses joues. Elle ne pouvait contenir son émotion. Le personnel féminin de la gendarmerie, assis près d'elle dans le véhicule, lui tendit un mouchoir en papier. Annabelle la remercia d'un signe de tête et essuya ses larmes.

— Ne vous inquiétez pas. Mildred se remettra très vite. Elle a eu beaucoup de chance.

— Vous la connaissez ? lui demanda Annabelle d'un ton surpris.

— Un peu personnellement et beaucoup au travers de nombreuses affaires franco-britanniques résolues ces trente dernières années. La dernière en date, avant qu'elle ne prenne sa retraite, fut l'histoire des adoptions. Une grande partie de l'affaire s'est passée à Édimbourg et sur l'île de Sanday. Cela ne vous dit rien ?

— Non pas vraiment, mais je dois vous dire que je ne connais Mildred que depuis peu.

— Ah ! Excusez-moi. Je ne voulais pas être indiscrète.

— Il n'y a pas de problèmes. C'est elle qui vous a demandé de venir me chercher ?

— Oui. Le chef n'a pas pu lui refuser ce service. Mildred n'est pas la dernière à venir donner un petit coup de main quand le besoin s'en fait sentir.

— Je croyais que Mildred était à la retraite ! s'exclama Annabelle.

— Oui officiellement elle l'est, mais officieusement il arrive que nos services aient besoin de son aide. Mildred a des amis hauts placés aux quais des Orfèvres qui n'hésitent pas à la faire participer à certaines affaires. C'est une personne qui connait bien son travail même si ses méthodes peuvent paraître dépassées. Elle me fait penser à la Miss Marple des romans d'Agatha Christie.

— Oui. C'est vrai, répondit-elle simplement en adressant un faible sourire à son interlocutrice. Mildred semblait sortir tout droit d'un roman anglais telle était la réflexion qu'elle s'était faite lors de leur première rencontre.

Le véhicule de gendarmerie la déposa bientôt devant l'entrée de la clinique et elle s'empressa d'aller prendre des nouvelles de son amie Mildred.

Une dame, à l'accueil de l'établissement, l'accompagna dans une petite salle d'attente et lui fit savoir qu'elle viendrait la chercher lorsque Madame Mack Farley aurait été ramenée dans sa chambre. Cette dernière était toujours en salle d'examen. L'attente ne serait pas longue.

Il n'y avait personne d'autre dans la pièce et Annabelle s'installa donc dans un fauteuil près de la fenêtre afin de se détendre un peu. Les contractions s'étaient calmées. La jeune femme respira profondément et allongea ses jambes devant elle. Ce mouvement fit tomber son sac à terre ainsi que le colis qu'il contenait. Ce n'était qu'une boîte qui n'était pas bien grande. Peut-être trente centimètres de longueur sur quinze centimètres d'épaisseur pour autant de largeurs. Elle était assez lourde. Annabelle remarqua le poids à côté des timbres et des tampons : 1 kilo. L'adresse : Mildred Mack Farley. Poste restante. 34 200 Sète. Point de marque de l'expéditeur.

Elle secoua la boîte afin de deviner ce qu'elle contenait. Par le bruit que fit cette dernière, il ne pouvait s'agir que de documents concernant la disparition de sa sœur. Elle jeta un coup d'œil vers la porte de la salle d'attente. Tout était calme dans le couloir. Elle n'hésita donc que quelques secondes avant d'ouvrir le paquet. Une enveloppe blanche cachetée qui était destinée à Mildred. Annabelle la mit de côté. Elle devrait attendre pour savoir ce qu'elle contenait. Une autre enveloppe d'une taille supérieure plus épaisse et de couleur beige avait pour inscription : courrier de Madame Annabelle Dupuis.

La jeune femme s'empressa de l'ouvrir. C'était son courrier des quinze derniers jours. Ce n'était que des lettres officielles. L'inspecteur lui avait épargné toute la publicité. Elle les lista une à une, reconnaissant les entêtes de ses fournisseurs et des divers services auxquelles elle était abonnée. Une enveloppe attira son attention. Une écriture fine et stylée qu'elle ne connaissait pas. Elle s'empressa de l'ouvrir. La surprise fit lâcher un cri de surprise à la jeune femme. Il s'agissait d'une lettre de son commanditaire Alejandro Marquez. Elle apprit ainsi qu'il avait fait un voyage aux États-Unis et qu'à son retour, il avait trouvé la carte de visite de la jeune femme restée accrochée au montant de la porte de son appartement. Il s'était empressé de se rendre à sa boutique. À son grand désarroi, les stores en métal étaient baissés et la police avait mis les scellés. Il avait essayé de l'appeler à maintes reprises, mais apparemment son portable semblait hors service. Par dépit, il s'était résigné à lui écrire cette lettre en espérant qu'elle parviendrait à sa destinataire, c'est-à-dire Annabelle Dupuis. De plus, Alejandro Marquez renouvelait l'offre qu'il avait faite à la jeune femme : restaurer les tableaux de son domaine. Pour toute la saison d'été, il serait à son domaine et lui en donnait l'adresse. Castelnau de Guers en Languedoc Roussillon. La surprise était de taille. Pendant tout ce temps, n'avait-elle été qu'à tout au plus, une cinquantaine de kilomètres de celui qu'elle avait voulu rejoindre dès le départ. La jeune femme, suite à cette découverte, resta, de longues minutes, songeuse puis continua à consulter le courrier que contenait l'enveloppe. C'est ainsi qu'elle découvrit une lettre de Maude. Annabelle s'empressa de l'ouvrir. Son amie lui disait combien elle était désespérée de ne pas savoir ce qu'il était advenu d'elle. En désespoir de cause, elle avait averti la police par le biais de son ami le jeune inspecteur de police. Elle lui demandait de lui donner rapidement des nouvelles en lui communiquant un nouveau numéro de téléphone portable.

Annabelle ne savait que faire par rapport à cette lettre. Maude était-elle l'amie aussi inquiète qu'elle prétendait être. Le doute s'était installé. La jeune femme repensa à leur première rencontre. L'entente avait été immédiate et Maude si gentille. Ne pourrait-elle donc plus jamais faire confiance à personne ? Devrait-elle dorénavant douter de tout et de tout le monde ? Annabelle ne supporterait pas de vivre ainsi.

Perdue dans ses pensées, la jeune femme n'entendit pas arriver la dame de l'accueil. Un léger coup frappé contre la porte de la salle d'attente la fit sursauter.

— Madame Mack Farley est dans sa chambre. Je peux vous y conduire maintenant si vous le désirez.

— Oui. Merci. Comment va-t-elle ?

— Une jambe cassée et quelques contusions. Elle va quand même être gardée en observation quelques jours, lui répondit aimablement la dame de l'accueil.

Et la jeune femme suivit celle qui était venue la chercher le long de nombreux couloirs pour s'arrêter enfin devant une porte numérotée.

Annabelle frappa et entra doucement dans la chambre. Mildred était allongée et semblait dormir. Elle s'approcha du lit et remarqua aussitôt les nombreux hématomes sur le visage et les bras de la vieille dame et pour couronner le tout, un énorme plâtre recouvrait sa jambe gauche.

Annabelle approcha, le plus discrètement possible, un fauteuil du lit et s'assit. Elle se releva aussitôt. Le dossier du fauteuil était trop en angle droit et sa maternité avancée l'empêchait de rester longtemps dans cette position. Elle chercha la manette pour incliner le dossier vers l'extérieur de l'assise. Tout cela ne se fit pas sans bruit et Mildred ne tarda pas à bouger dans son lit. Annabelle releva aussitôt la tête. La vieille dame l'observait en silence, la tête toujours posée sur son oreiller.

— Je vous ai réveillée, demanda aussitôt la jeune femme.

— Non. Je ne dormais pas. Je réfléchissais à ce que nous allions faire, répondit imperturbable la vieille dame malgré ce qu'elle venait de subir.

— Ce que nous allons faire ? s'exclama Annabelle.

— Oui. Vous, moi, nous. Tout cela, c'est du pareil au même !

— Mais Mildred, vous avez la jambe cassée !

— Oui, je le sais ma petite Annabelle, mais je me dois de vous mettre à l'abri. Vous vous doutez bien que ce qui est arrivé ce matin n'était pas un accident ! Je ne veux pas vous faire peur, mais malheureusement, ils ont réussi à vous retrouver. Je dis bien « ils », car je pense que nous n'avons pas affaire à quelques petits malfrats, mais plutôt à une bande bien organisée.

La jeune femme écoutait la vieille dame d'une oreille attentive sachant que seule, elle ne pourrait s'en sortir. Elle se sentait tellement coupable d'avoir utilisé son téléphone portable. Mildred ne lui en fit pas le reproche, mais comment ces hommes auraient-ils pu retrouver sa trace autrement ?

— Avez-vous le colis avec vous Annabelle ?

— Oui. Oui. Le voilà. Il y avait deux enveloppes à l'intérieur, une pour vous et une qui contenait mon courrier personnel.

La jeune femme lui tendit l'enveloppe blanche et se rassit dans le fauteuil qu'elle occupait quelques instants plus tôt.

Tandis que la vieille dame ouvrait l'enveloppe, elle lui demanda :

— Votre jambe ne vous fait pas trop souffrir quand même ?

— Si je vous disais non, vous ne me croiriez pas ! Dans toute cette histoire, c'est mon amour propre qui a le plus souffert. Je me suis fait avoir comme une débutante ! Pour votre information, ils m'ont bourrée d'antalgiques, mais pas trop quand même afin que je garde un minimum de lucidité.

Suite à cette longue tirade, la vieille dame reprit sa lecture. Annabelle n'osa pas l'interrompre à nouveau. Elle reprit place dans le fauteuil et attendit.

Au bout de quelques minutes, Mildred l'interrompit dans ses pensées.

— Bien. Toute cette affaire commence à se dessiner. Vous m'aviez parlé d'une proposition de travail d'un certain Alejandro Marquez et bien je ne vois pas de problèmes à ce que vous vous y rendiez le plus tôt possible. C'est-à-dire dès ce soir.

— Mais comment se fait-il ? Dans le courrier que j'ai reçu, il y avait justement une lettre de lui.

— Dès notre première rencontre, je vous avais demandé de me raconter toute votre histoire. Toutes les informations que vous m'aviez données, je les ai transmises à cet ami de la police effectuée sur chacune des personnes que vous connaissez et il n'y aucune raison pour que vous n'alliiez pas chez cet Alejandro Marquez.

— Mais vous ne croyiez pas que j'ai moi aussi mon mot à dire.

— Il y va de votre vie Annabelle ! Cet homme ne vous avait-il pas proposé du travail ?

— Oui, mais c'était avant tout ça.

— Il y a urgence maintenant. Je ne veux pas courir le risque de vous voir étendue sur un lit d'hôpital et de plus dans votre état. Je crois savoir qu'il vous a écrit.

— Oui. C'est vrai, mais comment le savez-vous ! s'étonna la jeune femme. Je ne vous en ai pas encore parlé !

— Tout le courrier de ce colis a été épluché et un compte rendu m'en a été fait. Il m'a juste suffi de lire la lettre qui m'était destinée. Une chose importante. N'essayez pas pour le moment de reprendre contact avec votre amie Maude. Je parle sérieusement Annabelle ! Je veux que vous me le promettiez !

La jeune femme soupira, le regard rempli de questions.

— Pourquoi ? Je ne comprends pas. Maude a toujours été là pour moi, surtout ces derniers temps !

— Promettez Annabelle ! ordonna Mildred Mack Farley tout en essayant de s'assoir dans son lit.

— Je vous le promets Mildred.

— Bien. Maintenant que je suis rassurée, le repas peut être servi.

Quelques instants plus tard, la porte de la chambre fut ouverte et deux plateaux-repas furent amenés par une jeune femme brune en pantalon tailleur noir.

— Merci, Sophie, la remercia Mildred.

Annabelle attendit que la personne fût sortie et demanda :

— Vous la connaissez ?

— Oui. Sophie est inspectrice de police.

— Comment a-t-elle su pour le repas ? s'étonna la jeune femme.

— La chambre est surveillée par la police. Il y a des micros de cachés un peu partout dans la pièce. On a voulu attenter à ma vie. Vous êtes, vous aussi, en danger. C'est pourquoi vous partirez dès ce soir chez Alejandro Marquez.

— Et vous Mildred ?

— Ne vous inquiétez pas. Je suis en de bonnes mains. Je suis inscrite ici sous un autre nom et mes confrères veillent.

— Toutes mes affaires sont restées chez vous !

— La gendarmerie de Sète s'est occupée de tout et un personnel féminin s'est occupé à emballer toutes vos affaires ainsi que celle du bébé. Vous ne devez maintenant ne plus vous inquiéter que de vous et de votre bien-être.

— Vous avez vraiment pensé à tout ! Difficile de croire, en voyant toute cette énergie vous animer, que vous venez de réchapper à une tentative de meurtre !

— C'est parce qu'ils ne connaissent pas encore Mildred Mack Farley ! me répondit-elle sur le ton de la confidence.

— Mangez un peu. Vous allez avoir besoin de toutes vos forces lorsque ce petit sera né, ajouta-t-elle.

Et Annabelle obéit. Elle mangea telle une automate, l'esprit en ébullition. Au cours de cette conversation, le nom de sa sœur n'avait pas été évoqué. Était-elle toujours en vie ? Mildred lui cachait-elle quelque chose à ce sujet ? Annabelle mourrait d'envie de savoir d'un côté et avait trop peur d'apprendre une mauvaise nouvelle de l'autre. Ne pas savoir, ne rien savoir était pour le moment la seule stratégie qui l'empêchait de sombrer. Elle ne se voilait pas la face. Oh ! Non. Elle protégeait simplement l'enfant qu'elle portait.

Tard dans la soirée, elle quitta la chambre de Mildred, accompagnée de deux policiers en civile, et quitta la ville de Sète pour le domaine d'Alejandro Marquez.

Chapitre 10

Et Annabelle se laissa emmener vers cette destination qu'était le domaine d'Alejandro Marquez. Elle ne savait rien de cet homme sauf son amour de la peinture et le vif attrait qu'elle avait ressenti à leur première rencontre.

Assise à l'arrière de la voiture de police banalisée, elle se mit alors à penser à sa vie d'avant, aux beaux jours tandis que l'avenir semblait se dessiner sous les meilleurs auspices et à l'arrivée de cet enfant.

Comme tout cela semblait bien loin. Elle ferma un instant les yeux. Elle se sentait si lasse et si inquiète à la fois. Elle posa doucement sa main sur son ventre pesant et douloureux et espéra de tout cœur que le bébé, qu'elle portait, ne se montrerait que lorsqu'elle aurait atteint le terme de sa grossesse. Et pour le moment, elle en était au huitième mois. Ce qui lui laissait quatre petites semaines.

Les deux policiers, à l'avant du véhicule, ne s'adressaient la parole que de temps en temps. Le conducteur était concentré sur sa conduite tandis que son collègue lisait et envoyait des messages via son portable. Annabelle était donc bercée par le bruit du moteur et les bips de la messagerie du téléphone. De temps en temps, les phares d'une voiture venaient éclairer l'habitacle du véhicule.

Pour plus de sécurité, il avait été décidé en hauts lieux que les policiers, chargés de la protéger et de l'emmener au domaine d'Alejandro Marquez, emprunteraient des axes routiers peu fréquentés afin de semer d'éventuels poursuivants.

Le domaine d'Alejandro Marquez se trouvait sur la commune de Castelnau- de- Guers et était distant d'une cinquantaine de kilomètres de Sète. Il faudrait un peu moins d'une heure pour y arriver en empruntant seulement des routes départementales.

Annabelle avait l'impression que cela faisait déjà plus d'une heure qu'elle était ballotée sur ses routes de campagne. Elle n'avait qu'une envie, étendre ses jambes et prendre du repos. Elle ne dormait pas et son esprit était en effervescence tant les questions restaient sans réponses.

Le policier installé sur le siège de avant droit lui adressa soudain la parole. La jeune femme ouvrit aussitôt les yeux.

— Madame Dupuy. Nous allons bientôt arriver. Une dizaine de kilomètres encore. Nous vous déposerons simplement au portail du domaine. C'est la sécurité privée d'Alejandro Marquez qui se chargera de vous accueillir.

— Mais… Je croyais que…

— Nous avons ordre de vous laisser à cet endroit. Ne vous inquiétez pas. Tout a été prévu. Vous ne risquerez plus rien. Je dois vous remettre un téléphone portable que vous ne devrez utiliser qu'en cas d'urgence et seulement en cas d'urgence. Vous m'avez bien compris Madame ?

— Oui, répondit simplement Annabelle.

— Les noms et numéros de téléphone des personnes que vous devrez joindre sont déjà entrés dans le répertoire. La batterie est chargée et il y a assez d'unités pour une conversation d'une heure.

La jeune femme hocha simplement la tête en signe d'assentiment et prit le téléphone pour le glisser aussitôt dans son sac.

Le policier se redressa sur son siège. La conversation était close.

Plus que dix kilomètres, pensa la jeune femme. Il était temps. Elle n'en pouvait plus. Elle ne ferma pas cette fois les yeux, préférant regarder droit devant elle la route qu'éclairaient les phares du véhicule. Soudain, au détour d'un virage, au milieu de la route, un gyrophare bleu illuminait la nuit. Il s'agissait d'un fourgon de gendarmerie.

Le véhicule, dans lequel elle était assise, ralentit, avança doucement vers le gendarme posté au milieu de la route qui leur faisait signe à l'aide d'une torche afin de les empêcher d'aller plus en avant.

— C'est quoi ce bordel, s'exclama aussitôt le conducteur.

— On dirait qu'il y a eu un accident. Arrête-toi ! On n'a pas le choix. Ce sont des collègues. Nous ne risquons rien.

— Si tu le dis, répondit simplement son équipier. Et il s'arrêta.

Le gendarme s'avança vers eux et frappa contre la vitre du chauffeur en balayant de sa lampe l'intérieur du véhicule.

Le policier ouvrit aussitôt.

— Gendarmerie nationale. Bonsoir Madame, Messieurs.

— Nous sommes de la maison, répondit aussitôt le policier placé derrière le volant en sortant de son portefeuille sa carte de police. Son collègue en fit autant. Le gendarme éclaira rapidement les deux documents et planta l'éclairage de sa lampe sur Annabelle.

— Elle est de la maison aussi ?

— Non. Nous sommes en mission et cette dame doit être déposée dans un certain lieu. Il y en a pour longtemps à attendre ?

— Ça dépend du temps que vont mettre les pompiers et la police de Sète à arriver.

— C'est si grave que cela ?

— Oui. Un de mes collègues est gravement blessé et l'autre tient en joue les trois malfrats qui ont essayé de nous échapper. Notre véhicule est hors de service et le leur aussi. Nous attendons des renforts. À moins que vous ne vouliez nous donner un coup de main ?

— Nous avons ordre de ne pas quitter ce véhicule tant que nous n'aurons pas mis cette jeune femme en sécurité.

— Je comprends. Les ordres sont les ordres, répondit le gendarme.

Soudain un coup de feu éclata dans la nuit. Il se précipita aussitôt vers ses collègues. Deux nouveaux coups retentirent puis plus rien.

Annabelle était terrorisée. Les deux policiers se concertèrent d'un regard.

— Vous ne bougez pas de ce véhicule ! Nous revenons tout de suite ! Fermez les portes de l'intérieur !

Et ils sortirent de la voiture pour disparaître dans la nuit.

Quelques instants plus tard, deux autres coups de feu retentirent dans la nuit.

Annabelle sut à ce moment-là que sa vie était en danger. Elle devait quitter l'habitacle et trouver rapidement un endroit pour se cacher. Ce qui était en sa faveur, c'était que les feux, du véhicule dans lequel elle se trouvait, éclairaient toujours la route et qu'ils lui permettraient de s'enfuir sans être vue.

Elle mit rapidement son sac à bandoulière autour de son cou et sortit sans bruit du véhicule. Elle ne voyait pas grand-chose. La nuit était trop noire. Elle ne marcha pourtant pas sur la route, mais dans le fossé qui la longeait. Elle pourrait ainsi à tout moment s'y cacher. Elle n'avait pour le moment pas le temps de se poser de questions sur ce qui venait de se passer.

Elle savait simplement qu'il était plus de minuit et qu'elle était maintenant seule dans la nuit. Elle pressa le pas en essayant de garder son équilibre. Elle ne pouvait se permettre de se blesser en tombant et de mettre la vie du bébé en danger. Elle avançait sans se retourner malgré les cris et le bruit de portières qui claquaient au loin. Elle trouva enfin une entrée de champ et s'y engouffra pour se mettre à l'abri d'un talus. Ses yeux s'étaient habitués à l'obscurité et tel un chat, elle avançait dans le noir. Lorsqu'elle se sentit enfin assez en sécurité, elle s'assit enfin en essayant de contenir sa respiration devenue bruyante par l'effort qu'elle venait de faire. Les battements de son cœur bourdonnaient à ses oreilles. Le moindre bruit dans la nuit la faisait sursauter.

Combien de temps dans l'obscurité, elle attendit ainsi. Elle ne le sut. Elle avait froid et son ventre était dur comme la pierre. Elle ne pouvait rester là. Sa course effrénée dans la campagne avait déclenché des douleurs au niveau de ses reins et de son bas ventre. Le travail semblait être commencé. Elle marcherait tant bien que mal s'il le fallait toute la nuit, mais elle rejoindrait Castlenau-de-Guers coûte que coûte.

Bien sûr, elle avait bien ce téléphone portable dans son sac et l'utiliser aurait pu régler ses problèmes. Pourtant, le doute comme un dangereux poison s'était infiltré dans son esprit. La jeune femme se rappelait clairement les paroles de Mildred quant au danger d'utiliser un téléphone portable. Elle vérifia que ce dernier était bien éteint et une fois qu'elle fut rassurée de ce fait, elle continua sa marche à travers les champs en s'éloignant le plus possible de cette route départementale qui menait à Castlenau-de-Guers. Les personnels de police qui s'occupait de son affaire devraient s'apercevoir rapidement que la voiture de police n'était jamais arrivée à destination.

Au bout d'une heure de marche, la jeune femme n'en pouvait plus. Elle tremblait de froid et par moment une vague de chaleur l'envahissait, la laissant pantelante et s'en force. Les contractions se faisaient plus longues et plus douloureuses à mesure que la nuit avançait. Elle sut à cet instant que la naissance, de l'enfant qu'elle portait, était imminente. Il fallait qu'elle trouve rapidement un endroit pour se reposer. Peut-être les contractions se calmeraient-elles ? Enfin, l'espérait-elle.

Elle ne pouvait rester ainsi et malgré la douleur, elle s'obligea à avancer tout en scrutant l'obscurité. Elle fut bientôt récompensée par ce choix lorsque soudain son regard, habitué depuis un moment à l'obscurité, rencontra une masse sombre dans le lointain. Et pour oublier sa douleur, sa fatigue, elle se concentra sur ce point pour se donner la force de continuer.

Ce qu'avait aperçue la jeune femme dans le lointain était en fait une petite cabane de bois. Elle trouva sans mal la porte qui n'était pas fermée par un cadenas. À l'intérieur, elle trouva un tas de foin, quelques outils et des sacs de toile.

Elle devait parer au plus pressé. Elle ferma la porte et s'installa dans un coin en ayant au préalable étalé une épaisseur de foin sur le sol afin de se confectionner un matelas. Elle savait que si ses contractions ne se calmaient pas, elle devrait accoucher seule. Elle s'allongea donc sur cette couche improvisée et se couvrit à l'aide des sacs de toile trouvés.

Ses tremblements se calmèrent tandis que son corps se réchauffait. Une seule chose lui permettait d'espérer que le moment n'était pas tout à fait venu. Elle n'avait pas perdu les eaux. Les douleurs finirent elle aussi par s'estomper et épuiser par toutes ces émotions, elle finit par s'endormir d'un sommeil peuplé de cauchemars tandis que dans le lointain se faisait entendre les sirènes de police et les hélicoptères qui balayaient la zone où avait été trouvé le véhicule banalisé.

Lorsqu'elle s'éveilla enfin, elle découvrit l'endroit où elle se trouvait. Il s'agissait d'un petit abri servant de remise pour le foin. Les interstices entre les planches laissaient la lumière du jour entrer.

Percluse de douleurs et trop affaiblie pour se lever afin de demander de l'aide, Annabelle resta là sans bouger, incapable d'émettre le moindre son tant sa gorge la faisait souffrir. Elle toussa. Soudain, elle sentit un liquide chaud couler le long de ses jambes. À cet instant, elle n'eut plus de doutes. Le moment, qu'elle redoutait tant, était arrivé et elle accoucherait seule dans cette cabane.

Tant qu'elle le pouvait encore et qu'elle pouvait encore supporter les contractions qui se faisaient de plus en plus proche, elle attrapa son sac et en sortit son petit nécessaire à manucure. À l'intérieur, elle savait qu'elle avait des ciseaux. Il lui manquait un morceau de ficelle qui lui servirait une fois qu'elle aurait coupé le cordon ombilical. Elle décrocha le nœud qui ornait la boucle de l'anse de son sac à main. Elle posa toutes ces petites choses nécessaires à la survie du bébé. Une fois qu'il serait né, elle l'envelopperait dans un des sacs de toile et si nécessaire elle le poserait tout contre sa peau pour le réchauffer.

Une fois rassurée qu'il ne manquait rien, la jeune femme se concentra sur le travail qui l'attendait. Malheureusement, les cours, de préparation à l'accouchement, prévus durant ce huitième mois de grossesse, elle n'avait pu s'y rendre, mais elle en avait assez lu pour savoir ce qui l'attendait et ce qu'elle devait faire. Elle se refusa à penser une seule fois que les choses ne se passeraient pas comme elle les envisageait.

Avec la perte des eaux, les contractions se firent plus longues et douloureuses. La jeune femme se retenait pour ne pas crier de douleur et lorsqu'elle sentit que le moment était enfin arrivé, elle poussa de toutes ses forces. Une seule fois ne suffit pas et elle dut recommencer jusqu'à ce qu'elle sente la tête du bébé. Et doucement, après une ultime poussée, elle l'attrapa pour le poser aussitôt tout contre elle. L'enfant poussa à cet instant son premier cri. Rassurée, elle se dépêcha, tant bien que mal, de couper le cordon ombilical après y avoir noué le nœud emprunté à la boucle de son sac à main.

Annabelle ne sut comment elle réussit à mettre seule cet enfant au monde. Elle ne pensa même pas à savoir s'il s'agissait d'un garçon ou d'une fille. Une seule chose comptait à ses yeux. Ils s'en étaient sortis tous les deux et tandis que le nourrisson cherchait instinctivement son sein, la jeune femme s'endormit rapidement, trop épuisée par l'effort de l'enfantement.

Alors que le nouveau-né tétait goulument, au loin, dans la campagne, des aboiements de chiens se firent entendre.

Chapitre 11

Le domaine d'Alejandro Marquez, situé à la sortie de Castelnau-de-Guers, était une ancienne propriété entourée par une enceinte de pierres dont l'accès ne se faisait que par un grand portail de fer forgé. Des caméras de sécurité couvraient à intervalles réguliers la totalité de la propriété. À l'entrée, une loge avec un gardien qui vérifiait les allées et venues des différents visiteurs. Une vraie forteresse protégée et dont rien ne transpirait à l'extérieur.

Lorsqu'Annabelle ouvrit les yeux, la première chose qu'elle vit fut le plafond à caissons représentant une copie de certaines fresques de la chapelle Sixtine de Rome. La reproduction était magnifiquement réussie. Elle secoua la tête pour se dire non, elle ne rêvait pas. Une folle inquiétude la gagna aussitôt. Le bébé. Où était passé le bébé ? Elle s'assit aussitôt et laissa ses yeux se poser sur chaque meuble, sur chaque objet. Tout était arrangé avec art, avec l'amour des belles choses. Des choses d'un autre temps. Annabelle, en un instant, sut où elle se trouvait. Elle reconnaissait la signature d'Alejandro Marquez, cet homme de goût qui était passé à sa boutique pour prendre sa commande.

Elle décida de se lever. Elle ne pouvait rester là à se prélasser et ne pas savoir ce qu'il était advenu de l'enfant qu'elle avait mis au monde. Elle ne savait depuis combien de jours, elle se trouvait ici, mais elle remarqua qu'on lui avait passé une chemise de nuit en dentelle blanche et qu'une robe de chambre, du même style, était posée au bout du lit. Elle l'enfila et tenta de mettre un pied à terre. Aussitôt, elle fut saisie par un vertige. Elle s'agrippa au dossier du fauteuil qui se trouvait tout à côté et attendit quelques secondes que le malaise passe. Lorsqu'elle se sentit un peu plus solide sur ses jambes, elle ménagea son effort en avançant doucement vers la porte de la chambre et appuya doucement sur la poignée. Elle découvrit une autre pièce, aussi vaste que la chambre qu'elle venait de quitter et qui était décorée avec le même raffinement. La jeune femme continua sa visite et traversa nombre de pièces jusqu'à arriver à une grande salle où d'immenses tableaux ornaient les murs. Elle ne put s'empêcher de les contempler un à un. Tous les plus grands maîtres y étaient représentés et toutes ces toiles étaient en parfait état de conservation.

Perdue dans sa contemplation, elle n'entendit même pas le maître des lieux entrer dans la grande salle et se diriger vers elle.

— Quel enchantement pour les yeux ! N'est-ce pas ? commença-t-il.

De surprise, Annabelle se retourna aussitôt.

— Je suis désolée. Je ne voulais pas paraître indiscrète. Je cherche mon bébé et je suis tombée sur cette salle.

— Ne vous excusez pas. Vous êtes ici mon invitée. Cette salle représente une partie de ma collection. J'ai d'autres toiles de plus grande valeur encore qui sont entreposées dans un coffre. Elles sont très abîmées et ont besoin d'être restaurées. Ce sont des toiles dont la valeur est plus sentimentale que monétaire. Je suis un homme d'un autre siècle, mademoiselle Dupuy ! J'adore vivre autour de ces antiquités. Il n'y a que là que je me sens bien lorsque je reviens de mes nombreux voyages d'affaires. Je manque à tous mes devoirs, mademoiselle Dupuy ! Je parle. Je parle alors que vous êtes toujours en convalescence. Je vous raccompagne à votre chambre.

Annabelle acquiesça simplement. Elle se sentait si lasse tout à coup.

— Le bébé ? demanda-t-elle simplement en agrippant le bras de son hôte.

—Le bébé va très bien. L'infirmière qui s'en occupe va vous l'amener dès que vous serez recouchée. Je vais donner des ordres dans ce sens.

Soulagée d'apprendre que l'enfant, qu'elle avait mis au monde seule, se portait bien, Annabelle se laissa reconduire à sa chambre sans mots dire.

Quelques instants plus tard, une femme d'un certain âge arriva avec le nourrisson et le posa dans les bras d'Annabelle.

À la vue de ce si petit bébé, la jeune femme ne put retenir le flot d'émotion qu'elle avait réussi jusque-là à contenir. La disparition de sa sœur, sa fuite de Montmartre et son séjour chez Mildred lui revinrent aussitôt en mémoire ainsi que les évènements qui l'avaient conduite à accoucher seule dans de telles conditions.

L'infirmière voulut reprendre l'enfant, mais Alejandro Marquez l'en empêcha d'un geste et lui fit signe de les laisser seuls.

Annabelle n'avait jamais vu aussi beau bébé et un amour incommensurable, pour ce petit enfant, surgit tout à coup de tout son être. Peu lui importait de savoir s'il s'agissait d'une fille ou d'un garçon. Il était l'enfant de tous les espoirs.

Alejandro Marquez, installé dans un fauteuil non loin du lit, observait la scène depuis un petit moment. Il devait s'imprégner de chaque détail de ce tableau idyllique pour un jour l'immortaliser sur une toile. Il avait enfin trouvé sa Madone à l'enfant. Il était un collectionneur, mais aussi un peintre à ses heures perdues. Il osa enfin interrompre cet intermède.

— Quel prénom avez-vous choisi pour cet enfant ?

Annabelle releva aussitôt la tête et le regarda droit dans les yeux.

— Un prénom ?

— Oui. Un prénom ! Ma question semble vous surprendre.

— C'est que jusqu'à cet instant, je n'y avais pas pensé . Charlotte devait s'en charger. Ce bébé est le sien. Je n'ai fait que le porter pour elle.

— Charlotte est votre sœur ?

— Oui. Elle est ma jumelle dont je suis sans nouvelles depuis trop longtemps.

— Je ne comprends que trop bien. La police de Paris m'a mis au courant. Vous êtes ici en sécurité. Ma propriété est très bien gardée.

— Je vous remercie de m'avoir accueilli ou recueilli. Je ne sais quel est le terme le plus approprié.

— Invité est celui qui convient le mieux. Considérez-vous ici comme chez vous Annabelle. Vous ne trouverez nul autre endroit où vous serez le plus en sécurité.

— Je vous remercie, Monsieur Marquez.

— Pour vous, je serai Alejandro.

La jeune femme sentit ses joues virées au rouge.

— Je ne sais si…

— Cela ne doit pas être trop difficile à prononcer. Allez ! Dites-le.

— Alejandro, je…

Il ne lui laissa pas terminer sa phrase.

— Alors maintenant que les choses sont claires entre nous, il va falloir trouver un prénom à ce petit bonhomme.

— C'est un garçon ? s'étonna-t-elle.

— Oui ! Vous ne le saviez pas ?

— Non. Je ne me suis même pas posé la question. Pour moi, l'important était de me rendre compte que l'enfant était né en bonne santé et qu'il avait bien cinq doigts à chaque main et à chaque pied. Je me rappelle simplement avoir fait les gestes qu'il fallait pour la naissance du bébé. La nature a fait le reste et puis plus rien.

— On vous a retrouvée inconsciente dans cette cabane quelques heures après l'arrivée de l'enfant. La police a utilisé les grands moyens pour vous retrouver, notamment des chiens, mais nous parlerons de tout cela plus tard. Il faut à tout prix trouver un prénom à cet enfant. L'état civil français donne trois jours pour déclarer la naissance d'un enfant. Nous sommes le troisième jour.

— Trois jours ! Cela fait déjà trois jours que je suis ici ! s'exclama Annabelle. Mais je ne me souviens de rien !

— La naissance et les évènements précédents ce moment vous avaient considérablement affaiblie.

— Il faut que je me lève. Mildred doit être terriblement inquiète et je suis là à me prélasser !

D'un geste Alejandro Marquez l'empêcha de se lever.

— Votre amie Mildred sera ici dès ce soir.

— Mildred ! Ici !

— Oui. Elle était tellement inquiète à votre sujet que je me suis proposé de l'inviter chez moi. Il n'y a pas de meilleur endroit pour deux convalescentes.

— Et elle a accepté ?

— Oui. Je pense ne pas avoir eu trop de mal à la convaincre.

Un sourire se dessina sur le visage de la jeune femme.

— Qu'est-ce qui vous fait sourire ainsi ?

— J'imagine très bien Mildred avec son flot de questions. Un vrai interrogatoire ! N'est-ce pas ?

Alejandro Marquez sourit à son tour.

— C'est une délicieuse vieille dame, mais je pense avoir passé avec succès l'examen.

— J'espère qu'elle ne souffre pas trop.

— Non. Je ne pense pas. Sa jambe est plâtrée et elle se déplace en fauteuil roulant. La clinique n'a fait aucune objection à son départ.

Soudain, le bébé se mit à gesticuler et des pleurs jaillirent de ce petit corps. Annabelle tenta de le calmer en le posant tout contre elle. Le bébé se mit aussitôt à chercher son sein.

— Je crois qu'il a faim, s'écria-t-elle aussitôt.

— Je vais appeler l'infirmière. Cela doit être l'heure du biberon.

Alejandro s'approcha de la tête de lit et actionna une petite sonnette.

— Dans quelques minutes, elle sera là, dit-il simplement.

Les cris du bébé s'étaient amplifiés et toute conversation devenait impossible. Annabelle berçait le bébé, mais rien n'y faisait. L'infirmière fut bientôt là et la chambre retrouva son calme.

Annabelle se sentit soudain très lasse. Elle s'allongea confortablement dans son lit.

— Je suis désolée. Je me sens tellement fatiguée. Mes yeux se ferment tous seuls.

— Je suis désolé. Je manque vraiment à tous mes devoirs. Bien sûr que vous êtes fatiguée Annabelle, pourtant, je me permettrai d'insister. Quel prénom voulez-vous donner à cet enfant ?

Annabelle, à moitié endormie, lui répondit simplement.

— Je n'ai aucune idée. Faites pour le mieux. Je vous fais confiance.

Et elle s'endormit sous le regard d'Alejandro Marquez. Il resta quelques instants à la regarder, ainsi assoupie, puis quitta la chambre le plus discrètement possible.

Ce petit bout de femme venait de changer à jamais le cours de sa vie. Jamais jusqu'à ce jour, il n'avait eu plus difficile tâche que celle de trouver un prénom pour un nouveau-né.

Père, il n'avait pas eu la chance de l'être. Veuf, il l'était depuis plus de dix ans. Sa femme bien aimée était décédée dans un accident de voiture. Depuis ce jour, il s'était voué corps et âme à son travail jusqu'au jour où il était entré dans la boutique d'Annabelle Dupuy. Alejandro Marquez croyait au destin. Ce destin qui l'avait mené jusqu'à Annabelle Dupuy. Elle était la madone, celle qu'il rêvait de peindre. Elle était celle qu'il n'avait jamais espéré trouver. Lui, qui pensait ne pouvoir jamais aimer à nouveau, s'était soudain senti revivre. Son envie de peindre, il l'avait retrouvé et il n'avait de cesse de pouvoir immortaliser ce doux visage. Elle était devenue, en secret, sa madone et depuis peu sa madone à l'enfant.

Et cette difficile tâche qu'elle venait de lui confier. Trouver un prénom à l'enfant. Un seul petit nom, à mesure qu'il marchait vers son bureau, lui venait en tête. Et pourquoi pas Alejandro ? Arthur, Pierre, Jean. Trop banals. Et impossible de retourner voir l'intéressée pour lui demander son avis. Cela serait Alejandro, Charles, Dupuy. Charles en référence à Charlotte, la vraie mère du bébé bien que ce soit Annabelle qui l'ait porté et mis au monde.

Arrivé à son bureau, Alejandro Marquez inscrivit les prénoms choisis sur le document de déclaration de naissance et confia à son homme de confiance la déclaration afin qu'il la remette en main propre, et dès à présent, à l'officier de l'État civil.

Il espérait de tout cœur avoir fait le bon choix et que ce choix conviendrait à Annabelle Dupuy. De plus, un souci plus inquiétant que le choix d'un prénom tracassait Alejandro Marquez. De mauvaises nouvelles étaient arrivées du « 36 Quai des Orfèvres », par le biais de Mildred Mack Farley et elles n'étaient pas bonnes du tout. Charlotte Dupuy avait été retrouvée sans vie. Son ami, Maxime, était toujours vivant et son état jugé préoccupant. Le pronostic vital pourtant n'était pas engagé.

Le bateau, sur lequel ils se trouvaient tous les deux, avait été saccagé. Pas un coussin n'avait été épargné. À se demander si les agresseurs n'étaient pas à la recherche de quelque chose d'important. L'affaire prenait des proportions inquiétantes depuis l'annonce de l'agression et tous les médias relayaient l'info quant au décès du célèbre mannequin Charlotte Dupuy.

Annabelle devait être protégée de tout cela. Son état ne lui permettait pas encore d'apprendre une telle nouvelle.

C'est pourquoi il s'était entretenu au téléphone avec Mildred quant à la conduite à suivre. La meilleure solution était, d'un commun accord, que cette dernière vienne au domaine. Ils ne seraient pas trop de deux pour soutenir et protéger la jeune femme si par malheur la nouvelle du décès venait à s'ébruiter jusque dans les murs de la propriété.

Chapitre 12

C'est ainsi que les jours s'égrenèrent. Annabelle était maintenant bien remise de son accouchement et n'avait rien trouvé à redire sur le choix du prénom qu'avait fait Alejandro Marquez. Le petit Alejandro se portait bien et elle n'aurait pu en choisir un meilleur puisque ce choix aurait dû appartenir à sa sœur.

Rien n'avait filtré du dehors et Annabelle restait toujours sous haute protection. La jeune femme se plaignait constamment de la lenteur des services de police et commençait sérieusement à s'ennuyer. Sa peinture lui manquait et sa boutique aussi. Bien sûr le nouveau-né occupait la majeure partie de son temps, mais elle avait besoin de retrouver son chez elle pour reprendre sa vie là où elle l'avait laissée.

Mildred, toujours en fauteuil roulant, l'avait finalement initiée aux joies du tricot. Le petit Alejandro ne manquerait pas de vêtements lorsque l'hiver serait arrivé. Alejandro Marquez s'absentait régulièrement. Annabelle ne connaissait pas le motif de ces absences, mais une petite voix intérieure lui soufflait de plus en plus que cela concernait la disparition de sa sœur Charlotte. Il n'avait pas manqué, en bon hôte qu'il était, de lui montrer les chefs d'œuvres que recelait la propriété et notamment les toiles abîmées qu'il voulait restaurer. Ce travail minutieux ne pouvait être confié qu'à une spécialiste et Annabelle excellait dans ce domaine, mais depuis quelques jours, la jeune femme n'avait plus le cœur à rien. Mildred le remarqua aussitôt et en fit part à Alejandro Marquez. Le moment était venu de parler à la jeune femme.

Ce fut par un après-midi chaud et ensoleillé alors que la jeune femme était installée à l'ombre sous un grand pin parasol dans le petit jardin situé derrière la grande demeure qu'ils la rejoignirent. Le petit Alejandro était endormi dans son landau tout près d'elle. La jeune femme, un magazine sur les genoux, contemplait le paysage, les yeux perdus dans un lointain qui n'appartenaient qu'à elle. Une infinie tristesse marquait les traits de son visage. À cet instant Alejandro Marquez aurait tout donné pour connaitre les pensées de la jeune femme. Il en avait pourtant une vague idée et l'annonce, que Mildred et lui avaient à faire, n'était pas des plus faciles. Annabelle les entendit arriver et reposa aussitôt les yeux sur son magazine. Elle ne voulait surtout pas que l'on voie qu'elle avait pleuré. Mais il était trop tard pour cela. Elle connaissait déjà ce qu'ils étaient venus lui dire.

— Ma chère Annabelle, la tâche qui nous incombe, à Alejandro et à moi-même, n'est pas des plus faciles. Nous avons attendu d'avoir toutes les certitudes avant de vous en parler, commença Mildred. Et ce que nous avons à vous annoncer n'est pas des plus faciles. N'est-ce pas Alejandro ?

— Oui. C'est vrai...

— Je crois que je le sais déjà et que je l'ai toujours su, répondit simplement Annabelle. Charlotte ne m'aurait jamais laissée aussi longtemps sans nouvelles et de surcroit avec l'enfant que je portais. Comment est-elle morte ?

— Alejandro ? Pouvez-vous expliquer tout cela à Annabelle. Vous êtes le plus qualifié pour cela, demanda Mildred.

Annabelle les observait tour à tour. Elle avait envie de leur crier « Parlez bon sang ! Je n'en peux plus de vivre dans ces incertitudes ! » Mais elle resta silencieuse, attendant des paroles qui devaient à jamais changer sa vie.

— Mademoiselle Dupuy...

— Annabelle ! Cela sera plus simple.

Alejandro Marquez se racla la gorge. Difficile tâche que d'annoncer à la femme qui avait pris beaucoup de place dans son cœur que sa sœur était morte d'une overdose.

— Le yacht, sur lequel votre sœur se trouvait, était en perdition en mer méditerranée. Seul l'ami de votre sœur a survécu. Il vient d'être ramené en France dans un grand hôpital parisien. Le corps de votre sœur n'a pas encore été rapatrié.

— Mais que s'est-il passé ? s'écria Annabelle.

Son ton était monté de plusieurs crans. Ce qui eut pour effet de réveiller le bébé. L'enfant poussa de hauts cris et la jeune femme, qui avait jusque-là évité de trop s'attacher à lui, le prit dans ses bras et le berça tout contre son cœur. Il était maintenant le seul lien qui lui restait avec sa sœur. Elle ne s'était que trop retenue.

— Voulez-vous que je le prenne Annabelle ? demanda Mildred.

— Non. Merci Mildred. Je suis maintenant la seule mère qu'il connaitra. Et son père ? Il s'en remettra ?

— Oui, répondit Alejandro.

Lorsque l'enfant fut calmé, elle le recoucha puis demanda :

— Que s'est-il passé ?

— L'enquête est toujours en cours, mais il semblerait qu'ils ont été attaqués lors de leur voyage en Mer Méditerranée. Le bateau a complètement été vandalisé. Il semblerait que les personnes, qui ont fait cela, cherchaient quelque chose.

— Et ma sœur ?

— L'autopsie a indiqué que votre sœur était décédée suite à une overdose.

— Une overdose ! Jamais de la vie ! Ma sœur n'était pas une droguée ! Elle a été droguée de force ! Oui, cela est certain ! Je l'aurai remarqué si elle se droguait !

— Annabelle, ce ne sont que des faits et pour le moment, nous n'avons rien pour expliquer tout cela. L'ami de votre sœur pourra nous dire ce qu'il s'est réellement passé. Bien sûr lorsque son état le permettra.

— Et si son état ne le permet jamais ! Il faudra que je vive avec cela. Non ! Pas question ! Il doit y avoir une explication toute simple. Et je sens qu'elle est là sous nos yeux.

Alejandro et Mildred se regardèrent et optèrent pour ménager la jeune femme. Les nombreuses marques de piqûres retrouvées sur les bras de la jeune femme décédée et l'ancienneté de celles-ci prouvaient bien le degré de toxicomanie de cette dernière. Annabelle n'avait simplement rien vu.

— C'est un paquet qu'ils cherchaient ! s'exclama soudain la jeune femme.

— Qu'est-ce qui vous fait dire cela ? demanda aussitôt Mildred.

— Rappelez-vous Mildred. Je vous ai raconté que des hommes m'avaient poursuivie lorsque je faisais des achats et que je m'étais réfugiée chez Alejandro.

— Oui. Bien sûr. Mais cela n'a rien donné !

— Je suis sûre que tout cela est lié !

— Je pense qu'ils vous ont prises pour votre sœur, répondit simplement Alejandro.

— Je me souviens parfaitement de leurs paroles. « Votre sœur était obstinée comme vous. Si vous ne voulez pas qu'il vous arrive la même chose, donnez-moi le paquet ! » Comment pourrais-je avoir le paquet, qu'ils m'ont demandé, en ma possession ? Je ne sais même pas de quoi il s'agit et ce qu'il contient !

— De la poudre blanche ma chère, répondit simplement Mildred.

Annabelle ouvrit la bouche de surprise, mais aucun son n'en sortit.

— Mildred a tout à fait raison, ajouta Alejandro.

— Vous voulez dire de la drogue ! Mais..., bégaya la jeune femme.

— Nous comprenons maintenant le pourquoi de cet acharnement sur votre boutique et pourquoi ils remuent ciel et terre pour vous retrouver ! , reprit Alejandro.

— Mais je n'ai pas vu de paquet suspect chez moi ! C'est chercher une épingle dans une meule de foin ! Je ne sais même pas quelle forme il a ce paquet !

— Eux non plus apparemment, répondit simplement Mildred.

— Alors il faut que je retourne à ma boutique et que je trouve ce fameux paquet ! s'exclama la jeune femme.

— C'est trop tôt Annabelle. Il va falloir être encore un peu patiente. Ce n'est plus maintenant qu'une question de jours pour que ces malfrats soient appréhendés.

— Quelques jours ! Cela fait plus d'un mois que j'ai quitté ma boutique ! Mon amie Maude doit mourir d'inquiétude à mon sujet et je ne peux malheureusement pas lui téléphoner !

— Non. C'est vrai ! Vous ne pouvez pas lui téléphoner tant que l'enquête sur elle n'est pas terminée.

— Mais que lui reproche-t-on à la fin ? s'emporta Annabelle.

— De vous avoir menti ! Elle n'est inscrite dans aucune université !

— Oui d'accord ! Elle a menti ! Et alors ! Est-ce que cela fait d'elle une coupable ?

— Annabelle, vous ne devriez pas vous mettre dans cet état, lui reprocha doucement Mildred. Alejandro ne veut que votre bien.

— Laissez Mildred. Ce n'est rien. Annabelle est simplement fatiguée et je l'en excuse bien volontiers.

— Fatiguée ? Moi ! Pas du tout ! Il faudra bien que je retourne un jour chez moi pour penser aux obsèques de ma sœur ! Charlotte, une fois son corps restitué, ne pourra rester indéfiniment sans sépulture ! Si je ne le fais pas pour moi, il faut que je le fasse pour le petit enfant qui dort dans ce landau. Je suis maintenant chargée de famille ! Dès demain, je retourne à Montmartre !

— Mildred, faites-lui comprendre que ce n'est pas possible maintenant. J'abandonne.

— Annabelle ! Alejandro a raison ! Vous ne pouvez rentrer chez vous maintenant. Il y a trop de choses à mettre en place, ne serait-ce déjà, remettre en état votre boutique. Les scellés ont été posés. Vous ne pouvez y aller tant que l'enquête n'est pas terminée.

— Dites-moi quand alors !

— Très rapidement, je pense. Alejandro ?

— Un mois tout au plus, répondit-il simplement, le visage devenu soudain froid et distant.

— Un mois ! Un mois encore sans travailler ! Un mois encore à m'ennuyer ! s'exclama Annabelle.

— Annabelle. Alejandro n'y est pour rien dans tout cela ! Interjeta Mildred. Il use de toutes ses relations pour que l'enquête avance vite, très vite. Et tout cela pour vous Annabelle.

La jeune femme sentit le rouge lui monter aux joues. Gênée, elle l'était.

— Je vous prie de m'excuser. Ma colère a pris le pas sur la tristesse d'apprendre le décès de ma sœur. Sans vous deux, je ne sais, à l'heure où je vous parle, où j'en serai de ma vie !

— Vos excuses sont acceptées, mademoiselle Dupuy, répondit simplement Alejandro Marquez.

— Annabelle. Mon prénom est Annabelle.

— Je sais.

Puis s'adressant aux deux jeunes femmes, il dit simplement :

— Une affaire urgente à régler mesdames. Permettez-moi de vous laisser ?

D'un signe de tête, il prit congé de ses deux invitées et Annabelle le regarda s'éloigner jusqu'à ce qu'il disparut de son champ de vision.

Mildred surprit le regard de la jeune femme.

— Vous l'aimez donc tant que ça ?

Surprise, la jeune femme se retourna vers son amie.

— Bien sûr que non Mildred ! Voyons, cela n'a pas de sens. Comment voulez-vous qu'un tel homme s'intéresse à moi. Je ne suis qu'une humble artiste peintre. Il est un homme du monde qui ne s'entoure de ce qu'il y a de plus beau. Je ne saurai l'intéresser.

— Et bien, vous vous trompez Annabelle !

— Quoi ?

— Vous vous trompez ! Alejandro Marquez vous aime.

— Comment cela se peut-il ?

— Votre présence ici. Personne, depuis le décès de sa femme, n'avait été convié dans cette propriété. Dès qu'il a eu connaissance de votre affaire, il s'est tout de suite proposé de vous accueillir ici. C'est un homme qui a des amis hauts placés. Et puis je ne vous cache pas que je l'avais déjà rencontré, il y a de cela de nombreuses années. À l'époque, il n'avait pas encore eu cet accident de voiture et il semblait le plus heureux des hommes.

— Que s'est-il passé ?

— Elle est décédée dans un accident de voiture. À l'époque les journaux avaient fait grand cas de cette histoire. Et de ce fait, il ne s'est plus jamais intéressé qu'à la peinture et à la restauration des œuvres qu'il possède. Vous comprenez maintenant pourquoi votre affaire lui tient tant à cœur. C'est par amour pour vous Annabelle !

— Mildred ! Rendez-vous compte de ce que vous me dites ! Bien sûr qu'Alejandro me plait. Il est tout ce que j'ai recherché toute ma vie. Il est la droiture, l'honnêteté. Tout ce que n'avait pas celui qui m'a abandonné le jour de mes noces ! Oh Mildred ! Dites-moi que je ne l'ai pas blessé avec mon sale caractère ! Mais il ne m'a rien dit !

Mildred sourit.

— Pas besoin de mots pour comprendre. Ouvrez les yeux et regardez !

— Oh, non ! Il ne faut jamais qu'il sache que je l'aime !

— Mais pourquoi ? s'exclama la vieille dame.

— Parce que je ne saurais être à la hauteur de ce qu'il pourrait m'offrir.

— Balivernes.

— Et puis il y a le petit Alejandro ?

— Quel prénom avez-vous dit ?

— Alejandro. Pourquoi ?

— Ce simple prénom devrait vous suffire à comprendre l'étendue de ses sentiments, répondit simplement Mildred.

La jeune femme regarda son amie droit dans les yeux. La vieille dame soutint son regard.

— Oh, Mildred, je suis tellement heureuse et tellement malheureuse à la fois ! Je me sens tellement honteuse de ressentir de tels sentiments alors que je viens d'apprendre la mort de ma sœur !

— Je vous comprends mon enfant. Le destin a mis sur votre chemin l'homme qui prendrait soin de vous et du petit Alejandro.

— Il ne doit rien savoir de mes sentiments ! Pas maintenant en tout cas ! Vous ne lui direz rien n'est-ce pas Mildred ?

— Promis ! Motus et bouche cousue.

Le petit Alejandro profita de cet instant pour pousser quelques cris. Annabelle le prit aussitôt dans ses bras.

— Viens mon tout petit. Il est temps d'aller préparer ton biberon. Ta nouvelle maman va bien s'occuper de toi.

Annabelle, qui se dirigeait vers la nurserie en compagnie de la vieille dame, stoppa net et se retourna vers cette dernière qui la suivait en fauteuil roulant.

— Maxime va sûrement vouloir demander la garde du bébé ! Il est son père. Normalement, il a des droits sur lui, même s'il ne l'a pas encore reconnu !

— Ne nous inquiétons pas de cela maintenant. Il vient d'être rapatrié et il est toujours hospitalisé. Laissons-lui le temps de se remettre et donnons du bonheur à ce petit bébé.

— Savez-vous quand Alejandro doit revenir ?

— Non. Il peut en avoir pour quelques heures comme pour quelques jours. Je pense qu'il est parti se renseigner afin de savoir s'il y a du nouveau dans l'enquête. Pourquoi cette question ?

— Oh ! Pour rien ! C'était juste pour savoir.

Mildred ne répondit rien à ce qu'elle venait d'entendre. Un large sourire éclairait son visage.

Et c'est avec un cœur plus léger qu'elle accompagna la jeune femme jusqu'à la nurserie. Annabelle n'était-elle pas la petite fille qu'elle n'avait jamais eue ?

Chapitre 13

Annabelle s'était remise à la peinture. Elle n'avait perdu que trop de temps. Parmi les toiles à restaurer, une tenait particulièrement à cœur au maître des lieux. Il s'agissait de" La madone aux cheveux d'or." La jeune femme entreprit donc de restaurer cette œuvre en premier. Elle était très abîmée et Annabelle devrait travailler avec la plus grande délicatesse.

Pour ce faire, elle décida de s'installer dans la pièce attenante à sa chambre. Elle pourrait ainsi s'occuper à la fois du bébé et de la toile.

Cette restauration devrait être faite dans le plus grand secret puisqu'elle serait la surprise qu'elle réservait à Alejandro Marquez pour l'avoir ainsi accueillie en son domaine. Pour plus de facilité, Mildred fut mise dans la confidence. La vieille dame était libérée depuis peu de son plâtre et recommençait à trottiner dans ses appartements, utilisant encore parfois le fauteuil pour les plus grandes promenades dans les jardins de la propriété.

Cela faisait plus de quatre semaines que Alejandro Marquez n'était réapparu et Annabelle avançait bien dans son travail. Cette restauration devait être la perfection même.

Un petit coup à la porte lui signala que Mildred s'annonçait.

— Dépêchez-vous Annabelle. Enlevez cette blouse. Alejandro est arrivé. Il nous attend dans son bureau.

— Mon dieu. Je ne suis même pas coiffée ni habillée pour le rencontrer maintenant.

— Faites-moi confiance. Vous êtes parfaite.

Et Mildred, assise dans son fauteuil roulant, entraîna la jeune femme dans le dédale des couloirs sans lui laisser le temps de se regarder dans un miroir.

Mildred frappa à la porte du bureau et un « Entrez ! » ferme résonna.

Une vive émotion envahit la jeune femme dès qu'il posa ses yeux sur elle. Annabelle tendit la main et il la garda un peu plus longtemps que nécessaire puis salua Mildred d'une main plus ferme.

— Prenez place mesdames. Je suis désolé d'avoir été aussi longtemps absent et j'espère que, pendant tout ce temps, mon personnel a su répondre à vos besoins.

— Ne vous inquiétez pas, répondit Mildred. Tout a été parfait et nous sommes heureuses, n'est-ce pas Annabelle, de vous retrouver !

La jeune femme hocha simplement la tête.

— Tant mieux. Tant mieux, répondit Alejandro Marquez. Et le petit Alejandro ?

— Il va bien aussi, répondit naturellement Annabelle. Elle évitait du mieux qu'elle le pouvait son regard. Il ne fallait pas qu'il sache, qu'il devine ce qu'elle lui préparait.

Le maître des lieux fut surpris, mais ne le montra pas en homme de bonne éducation qu'il était.

— J'ai de bonnes nouvelles à vous apprendre, continua-t-il. Vous allez bientôt pouvoir retourner chez vous Annabelle.

— Quand ? s'exclama aussitôt la jeune femme.

Le ton de cette dernière surprit les deux autres interlocuteurs.

— Dans une dizaine de jours, je pense, répondit clairement Alejandro Marquez. Son visage avait blêmi sous le coup de l'émotion.

La jeune femme ne fut pas sans le remarquer et se sentit soudain très malheureuse. Alejandro Marquez avait mal interprété ses paroles. Elle qui ne pensait qu'au temps qu'il lui restait pour achever de restaurer la toile et lui qui pensait qu'elle voulait déjà le quitter. S'excuser aurait été trahir la surprise qu'elle préparait. Annabelle préféra baisser la tête et garder le silence.

Un froid glacial avait empli la pièce et Mildred préféra reprendre la parole pour atténuer la tension qui régnait maintenant.

—- Mais cela est merveilleux Annabelle ! Vous allez pouvoir retrouver votre boutique.

— Oui, répondit simplement la jeune femme.

— Cela veut donc dire que l'enquête a grandement progressé ?

— C'est tout à fait cela Mildred. Les responsables du décès de Charlotte Dupuy ont été arrêtés. Vous ne risquez donc plus rien. Les scellés vont être levés dans la journée et j'ai donné ordre pour que votre boutique et votre appartement soit remis en état. Vous pourrez donc quitter très rapidement ma demeure.

— Je ne sais ce que nous serions devenus, le bébé et moi, sans votre aide. Je ne sais comment vous remercier, répondit simplement Annabelle.

— Vous n'avez pas à me remercier. J'ai fait ce que tout homme aurait fait en cette circonstance. Je vais devoir vous demander de me laisser mesdames. J'ai du travail qui m'attend.

Il sembla soudain pressé de les voir partir. Il ne prit même pas la peine de les saluer lorsqu'elles quittèrent la pièce. Annabelle attendit d'avoir franchi la porte pour laisser éclater son désarroi.

— Oh, Mildred. Qu'ai-je fait ?

— Vous venez simplement de blesser très profondément un homme qui vous adore. Je suis peut-être trop vieille pour comprendre, mais il y a des choses à ne pas faire ! Qu'est-ce qui vous a pris ?

— Je n'ai pas fini de restaurer la toile et il va falloir que je travaille jour et nuit maintenant.

— Mon Dieu ! Vous parliez donc de cette maudite toile lorsque vous lui avez demandé : quand ? !

— De quoi ou de qui pensiez-vous que je parlais ?

— Par votre réaction, vous lui avez fait comprendre que c'était sa présence qui vous insupportait !

— Mais jamais de la vie !

—- Oh, alors il va falloir trouver une idée de génie pour réparer l'affront que vous venez de lui faire !

— Vous allez m'aider. N'est-ce pas Mildred ?

— On verra. On verra, répondit simplement la vieille dame.

Elle ne s'était jamais trouvée devant un tel dilemme. Tout dire à Alejandro Marquez, c'était trahir Annabelle. Et cela, elle ne le pouvait.

Elles regagnèrent donc leurs appartements. Mildred reprit son tricot, Annabelle se remit à sa peinture tandis que le petit Alejandro dormait paisiblement dans la pièce d'à côté.

La jeune femme essayait de se concentrer sur sa tâche, mais ce n'était pas chose facile. Elle revoyait en boucle, le visage fermé de l'homme qu'elle aimait.

Dans la soirée, un serviteur leur apporta un pli.

Alejandro Marquez devait se rendre de toute urgence à l'étranger. Il ne serait malheureusement pas de retour avant le départ de ses invités.

— C'est à cause de moi, s'écria aussitôt Annabelle.

— Non ! répondit derechef Mildred. C'est un homme très occupé. C'est tout !

— Il me fuit. Il ne veut plus entendre parler de moi !

— Ne dites pas n'importe quoi ! Il est des choses que je ne peux vous dire, mais certainement que lui le fera un jour. Et ne me demandez pas le pourquoi de tels propos ?

Annabelle attacha son regard sur celui de son amie. Le sourire que lui rendit cette dernière finit par lui donner tous les espoirs.

Elle se remit donc à sa peinture avec un cœur plus léger tandis que son amie tricotait sa énième brassière.

C'est ainsi que les jours passèrent à une folle vitesse. La restauration de l'œuvre était maintenant terminée tandis que ses bagages étaient fin prêts au bout de son lit et l'attendaient pour le grand retour. Alejandro Marquez ne manquerait pas de voir la surprise qu'elle lui avait réservée. Le tableau était posé sur un chevalet au milieu de la grande salle. La même salle qu'il traversait chaque jour pour gagner son bureau ou ses appartements.

La jeune femme eut un pincement au cœur en quittant la propriété. Mildred était du voyage et elles ne seraient pas trop de deux pour s'occuper du bébé. Alejandro Marquez avait mis son avion à leur disposition et il ne leur faudrait que quelques heures pour gagner Paris au lieu d'une journée de voyage par train « Intercités ». Jusqu'au bout, Alejandro Marquez était resté un homme du monde.

Lorsqu'elles arrivèrent enfin devant la boutique d'Annabelle, une voiture de police les attendait. Un inspecteur en descendit et remit, à la jeune femme, les clés de la boutique. Il fit le tour des différentes pièces en sa compagnie et lorsqu'il fut certain que tout allait pour le mieux, il prit congé d'elle. Mildred était resté dans le taxi avec le bébé et attendait patiemment que la jeune femme lui fasse signe de descendre. L'attente ne fut pas trop longue. Un quart d'heure plus tard, la vieille dame découvrait enfin l'univers d'Annabelle. Tout avait été remis en place et rien ne pouvait laisser imaginer que la boutique avait été un jour vandalisée.

Pendant sa visite avec l'inspecteur de police, Annabelle avait remarqué l'énorme bouquet de lis qui était posé sur la table de travail de son atelier. Elle remercia Mildred.

— Comme c'est gentil à vous. Vous n'auriez pas dû !

— Pas dû quoi ? s'exclama la vieille dame.

— Mais le bouquet de lis, bien sûr !

— Je n'y suis pour rien Annabelle ! Je vous assure ! Regardez. Il y a peut-être une petite carte.

Annabelle s'empressa de regarder et découvrit une petite enveloppe blanche. Elle en sortit un mince carton de bristol de la même couleur où quelques mots manuscrits étaient inscrits « Je vous souhaite un bon retour chez vous. Alejandro Marquez. »

— Qui est-ce ? demanda Mildred.

— Alejandro.

— Mais alors ! Qu'est-ce que je vous disais ?

— Ne vous emballez pas Mildred ! Il me souhaite juste un bon retour.

— Et qu'à t-il signé ?

— Alejandro Marquez.

— Juste Alejandro Marquez et pas votre dévoué Alejandro Marquez ?

— Non ! Juste Alejandro Marquez !

— Ah, cela est embêtant !

— Pourquoi embêtant ?

— Parce que normalement dans tous les livres sentimentaux que j'ai lus, les histoires d'amour ne se terminent pas ainsi !

— Oh, ce n'est que ça ! Vous me rassurez Mildred. Je ne vous cache pas que j'ai eu très peur. Je vous le disais bien qu'il ne m'aimait pas !

— Je n'ai pourtant pas inventé ce que mes yeux ont vu !

— Ne vous inquiétez pas Mildred. Je suis abonné à l'amour à sens unique. Je m'en remettrai. Peut-être me faudra-t-il des années et même toute une vie, mais je m'en remettrai !

Annabelle baissa les yeux afin que sa vieille amie ne voie pas ses larmes embuer son regard.

— Oh ! Il me semble que le petit Alejandro pleure. Je vais aller voir. Je vous laisse quelques instants Annabelle.

Mildred avait compris combien la jeune femme souffrait et avait pris les pleurs du bébé comme prétexte pour lui laisser le temps de se reprendre.

Mildred venait à peine de quitter la pièce que quelqu'un frappa à la porte de l'atelier.

— Oui, répondit simplement Annabelle tout en relevant la tête.

— Maude ! Que fais-tu ici ?

La jeune femme semblait fatiguée. Des cernes marquaient son regard.

— Je passais dans le quartier comme tous les jours depuis ta disparition. Tu n'as pas honte d'avoir laissé ton amie sans nouvelles ? Et où est passé ton gros ventre ?

— Oh, je suis désolée Maude pour tous les soucis que je t'ai causés ! J'espère que tu ne m'en veux pas ? Et cette enquête de police ! Vraiment, je m'en excuse ! Et as-tu trouvé à te loger ailleurs facilement ?

— Oui, oui. Ne t'inquiète pas. C'est à moi de m'expliquer. Je n'ai pas été très honnête avec toi. Je t'ai menti. Il n'y a jamais eu d'école de haute couture ni d'université ! J'avais trop peur que tu ne m'embauches pas si je ne te prouvais pas que j'étais une fille sérieuse ! Dans cette histoire, moi aussi j'ai souffert. Le jeune inspecteur n'en était pas un ! Je l'ai cru ! Je lui faisais confiance ! Je lui racontais tout !

— Ma pauvre chérie ! Je suis vraiment désolée. Ne t'inquiète pas. Je ne t'en veux pas. Mensonge avoué, mensonge à moitié pardonné.

— Je voulais te dire que je suis désolée pour ta sœur. Et le bébé ? Où est le bébé ?

— Viens avec moi que je te le présente. Il s'appelle Alejandro et puis il y a aussi ma nouvelle amie Mildred.

Les deux jeunes femmes gagnèrent l'appartement privé situé au-dessus de la boutique.

Annabelle reprenait peu à peu ses marques dans cette nouvelle vie sans Charlotte. Bientôt sa boutique retrouverait sa clientèle et la jeune femme reprendrait sa vie où elle l'avait laissée. Bien sûr, il n'y aurait plus Charlotte. Il n'y aurait plus Alejandro Marquez. Mais son cœur était assez grand pour les chérir malgré leur absence et personne ne pourrait l'empêcher de continuer à les aimer même si elle pensait que c'était eux qui l'avaient abandonnée.

Chapitre 14

Quelques jours suffirent à Annabelle pour reprendre pied dans sa boutique. Pour l'aider dans sa tâche, Mildred décida de rester le temps qu'il faudrait en sa compagnie. Et son aide n'était pas de trop puisqu'il fallait maintenant concilier travail et statut de nouvelle maman. Aidée par ses amies, la jeune femme retrouva donc rapidement le chemin de son atelier. Le petit Alejandro se portait bien et les touristes franchissaient le pas de sa boutique. Tout allait pour le mieux.

Septembre allait bientôt faire place à octobre et le flot de touristes déambulant dans les rues de Montmartre ne semblait pas vouloir diminuer malgré la grisaille de l'automne. Ce qui n'était pas pour déplaire à la jeune femme. La demande était toujours la même : La Joconde de Léonard de Vinci. Elle était devenue une spécialiste de cette copie. Annabelle ne manqua pas d'avoir une pensée pour le modèle du peintre. Cette Lisa Gherardini méritait qu'elle aille allumer un cierge en son honneur. Le "Sacré-Cœur" était à deux pas de sa boutique. Elle en profiterait pour en allumer un pour sa sœur. Elle n'avait toujours pas récupéré le corps et cela commençait à faire long. Elle n'avait toujours pas d'endroit pour aller se recueillir. Elle avait donc décidé de se mettre à l'œuvre et peignait, dans les rares moments de liberté qu'il lui restait, le portrait de Charlotte. Certains penseraient que peindre Charlotte serait la peindre elle-même. Et bien, non ! Elles avaient quand même leurs petites différences. Et puis tant pis, les factures attendraient encore un peu !

Annabelle n'avait toujours pas revu Alejandro Marquez et ce silence commençait sérieusement à l'inquiéter et tandis qu'elle travaillait dans la quiétude de son atelier, elle ramenait souvent à sa pensée les moments passés ensemble au domaine. Avait-il vu la toile qu'elle avait restaurée ? Avait-il compris qu'elle l'aimait ? Beaucoup de questions et à chaque fois, aucune ne trouvait de réponse.

Maude avait repris sa place à la boutique et Annabelle ne comprenait toujours pas comment la police avait pu ainsi la suspecter. D'accord la jeune femme n'avait pas joué franc jeu, mais ne devait-elle pas trouver un emploi coûte que coûte ? Annabelle n'avait rien à redire sur son travail ni sur son amitié. Son employée ne rechignait jamais sur les heures supplémentaires ni sur les services rendus. Annabelle pouvait ainsi pleinement se consacrer à sa peinture. Et puis maintenant, il y avait le petit Alejandro.

Mildred, ravie au premier abord, sembla de moins en moins à l'aise en présence de Maude et faisait son maximum pour ne pas se trouver sur son chemin. Difficile de continuer ainsi, lorsque l'on connaissait la grandeur de la boutique et de l'appartement. Elle restait donc le long des journées à l'étage et attendait le départ de la jeune fille pour descendre dans la boutique. Annabelle s'était bien rendue compte du trouble et ne savait comment faire pour régler le problème. Un soir, une fois la boutique fermée alors que Maude avait quitté le travail de bonne heure et qu'Alejandro était endormi dans son berceau, elle décida de crever l'abcès et de mettre cartes sur table avec la vieille dame.

— Que pensez-vous d'une tasse de thé Mildred en attendant que le repas soit prêt ?

— Pourquoi pas ! Je dois vieillir. Je me sens si las ces derniers jours. Mes rhumatismes se sont réveillés et nous entrons malheureusement dans la mauvaise saison.

— Oui, oui. C'est certain. Mais ne restez pas debout Mildred ! Prenez le temps de vous assoir un peu.

— Je ne suis pas fatiguée ma petite Annabelle et le petit Alejandro ne me demande pas grand travail. C'est un amour de bébé.

— Je sens bien qu'il y a quand même un problème Mildred et vous n'osez pas m'en parler.

La vieille dame finit par s'assoir et resta un petit moment à contempler sa tasse, sans rien dire.

— Oh, je crois que je vieillis et que ma tête me joue des tours.

— Mildred ! Voyons ! Vous dites des sottises ! répondit Annabelle d'un air gentiment grondeur.

— Il y a des fois comme ça où mon flair ne me trompe pas !

— Mildred, cette histoire est close ! Les personnes concernées ont été arrêtées. Il n'y a qu'une chose qui me tienne encore à cœur dans tout cela, c'est que l'on me rende le corps de ma sœur ! Cela n'a que trop duré !

— Je comprends très bien Annabelle. Je pense que cela sera fait très rapidement maintenant. Une chose pourtant me chiffonne encore. Je me demande comment ils ont réussi à vous retrouver alors que vous étiez à des centaines de kilomètres de chez vous !

— Ils m'ont suivie ! Tout simplement !

— Non. Je n'y crois pas une seconde. Ils n'ont pu être au courant qu'avec votre téléphone portable.

— Mon téléphone portable ? Je ne l'ai que très peu utilisé et je l'éteignais à chaque fois.

— Une seule fois a suffi pour qu'ils retrouvent votre trace !

— Mais je n'ai appelé que ma messagerie et Maude ! s'exclama Annabelle.

Mildred ne répondit rien et regarda simplement la jeune femme.

— Je vois où vous voulez en venir Mildred, mais non ! Maude est innocente ! La police l'a disculpée !

— La police l'a disculpée, oui ! Mais la police l'a disculpée, faute de preuves ! C'est cela qui fait toute la différence ! Cela ne veut nullement dire que Maude n'a pas, à un moment ou à un autre, trempé dans cette histoire !

Annabelle resta silencieuse quelques instants, passant et repassant en boucle dans sa tête, les moments où elle avait essayé de joindre son amie.

— Il y a bien eu un appel sur mon portable. Je l'avais oublié, mais personne ne m'a parlé et j'ai raccroché !

— Vous souvenez-vous du numéro ?

— Non. C'était un correspondant anonyme. Le numéro était masqué ! J'ai pris peur ! Et j'ai éteint très rapidement mon portable après cela.

Mildred s'écria aussitôt :

— Cela prouve bien que c'est par le téléphone qu'ils vous ont retrouvée !

— Oui. Peut-être, mais cela ne prouve pas que Maude y soit pour quelque chose ! Et vous allez aussi me parler du jeune inspecteur de police ! Tout cela n'est que coïncidences Mildred ! Ils se sont servis d'elle. C'est tout !

— J'espère que vous avez raison ma petite Annabelle. Je ne suis pas là pour vous faire peur, mais pour vous aider.

— Je ne le sais que trop Mildred, mais je ne peux continuer à vivre dans la peur !

— Je vous comprends mon enfant. Je vous prie de m'excuser. Tout cela n'est que des suspicions de vieille femme ! Je devrais me résoudre à prendre véritablement ma retraite.

— Ne dites pas de sottises. Vous voulez simplement m'aider. Maude est une très gentille jeune femme avec un grand cœur. Elle est arrivée à point nommé dans ma vie alors que ma sœur partait vivre avec son grand amour Maxime. Je ne sais ce que j'aurais fait sans elle. Je passe beaucoup de temps dans mon atelier et petit à petit, j'ai laissé Maude s'occuper du reste. Voilà tout !

— Ah ! Je vois !

— Que voulez-vous dire ? demanda aussitôt Annabelle.

— Je veux dire que je comprends mieux maintenant. Et ce Maxime, comment est-il ?

— Maxime, Maxime… Que dire sur Maxime ? Je ne sais que très peu de choses sur lui à part qu'il était l'homme avec qui ma sœur a voulu faire un enfant.

— Vous avez quand même dû le rencontrer bien des fois !

—- Oui. Il passait des fois à la boutique pendant que ma sœur était chez sa couturière pour les essayages des défilés. Il me disait qu'il voulait apprendre à peindre.

—- Apprendre à peindre ? Quelle drôle d'idée ?

N'était-il pas... Pardon N'est-il pas un grand photographe de mode ?

— Oui. C'est vrai, mais il me disait toujours que peindre lui permettrait de s'évader de la pression de son travail.

— Vous lui avez donc donné des cours ?

— Oui si l'on veut. Il n'y avait qu'une technique qui l'intéressait. La peinture aux couteaux.

— Qu'est-ce ?

— La peinture aux couteaux consiste à exprimer d'un coup de couteau la forme et le contenu. C'est-à-dire l'ombre et la lumière en même temps. Je ne suis pas fan de cette technique.

— Et que peignait-il ?

— Il me semble que c'était des paysages. Pour ma part, cela n'avait pas vraiment de valeur artistique. De plus, il avait tendance à insister sur l'épaisseur. Je ne trouvais pas cela du meilleur goût ! J'avais beau lui dire que malgré tout il s'agissait quand même d'un travail ou la finesse des traits avait son rôle à jouer, mais cela ne semblait pas trop l'inquiéter. Ils disaient que ces œuvres seraient pour ses amis. Il avait trouvé un moyen d'offrir des cadeaux originaux.

— Et il peignait beaucoup ?

— Oh, une fois qu'il a compris le principe de cette technique, je ne l'ai pas beaucoup revu. Il doit y avoir ici encore quelques-unes de ses toiles. Demain je regarderai si je n'en trouve pas dans mon atelier.

— oh, ne vous inquiétez pas. Si je suis si curieuse, c'est que je n'ai jamais vu de tableaux peints avec cette technique.

— N'hésitez pas à me le rappeler demain Mildred. Je vois que l'heure tourne. Le petit Alejandro ne va pas tarder à se réveiller. Je vais préparer son biberon.

Annabelle fit un grand sourire à son amie afin de la rassurer puis se dirigea vers la cuisine.

— Pouvez-vous aller chercher Alejandro, Mildred, s'il vous plait ? Il est réveillé.

— Oui. J'y vais tout de suite, répondit simplement la vieille dame. L'air toujours songeur, elle se leva tranquillement de sa chaise. Elle savait qu'elle devrait bientôt quitter Annabelle et le petit Alejandro afin de retrouver son chez elle. Pour la première fois depuis longtemps, elle sentait que quelque chose lui avait échappé. Mais quoi ? Elle ne pouvait trouver ce qui l'inquiétait et elle pressentait que l'affaire n'était pas tout à fait terminée.

Le petit Alejandro avait bien changé. Il allait maintenant sur ses quatre mois et c'était un bébé souriant et en bonne santé. Mildred sentit son cœur se serrer d'émotion en voyant la mère et l'enfant se porter tant d'amour. Annabelle était mère biologique et mère adoptive en même temps pourtant jusqu'au bout, elle avait tout fait pour ne pas s'attacher à l'enfant de sa sœur.

Il n'y avait qu'une ombre à ce merveilleux tableau. L'absence d'Alejandro Marquez. Il était parti depuis trop longtemps maintenant. Mildred connaissait les raisons de ce départ précipité. En hauts lieux, on avait fait savoir à Alejandro Marquez que le corps de Charlotte Dupuy avait disparu de la morgue où il avait été placé après l'autopsie. Il était l'homme de la situation. L'homme qui avait le pouvoir de faire bouger les choses. Un corps ne pouvait disparaître ainsi. Pour son retour en France, le cercueil de Charlotte Dupuy serait scellé et personne ne pourrait vérifier qu'il s'agissait bien de la défunte concernée. Par amour pour Annabelle et par respect d'une vérité, Alejandro Marquez se devait de s'assurer que ce serait bien le corps de Charlotte Dupuy qui serait inhumé au cimetière de Montmartre avec des personnalités des arts et des lettres.

Mildred retardait son départ de jour en jour et espérait ainsi ne pas avoir à faire un aller-retour pour prendre part aux obsèques. Elle ne voulait surtout pas laisser Annabelle, seule, dans un tel moment. Bien sûr, il y avait Maxime, mais son état ne lui permettrait pas de participer à l'enterrement. Annabelle avait prévu d'aller le voir dès qu'il accepterait de la voir. Il avait, jusque-là, refusé d'accéder à sa demande. De ce fait, elle appelait chaque jour l'hôpital afin de prendre de ses nouvelles.

Mildred avait aussi remarqué que la jeune femme ne parlait pas ou peu de sa sœur. Elle n'avait pas encore fait son deuil. Le choc émotionnel risquait d'être intense lorsque la jeune femme serait en présence de la dépouille de sa jumelle. C'était une partie d'elle-même qu'elle avait perdue et à part le petit Alejandro, Annabelle se retrouvait sans famille.

Une fois le bébé recouché pour la nuit, et que les deux femmes eurent dîné, Mildred se retira de bonne heure dans sa chambre. Annabelle, quant à elle, avait encore un peu de travail à terminer. Elle descendit donc sans bruit dans son atelier. Elle prit avec elle le baby-phone pour plus de sécurité et aussi afin que Mildred ne soit pas obligée de se lever si jamais le petit Alejandro devait se réveiller.

La conversation, avec Mildred, d'avant le dîner, avait réveillé la mémoire de la jeune femme. Elle se rappelait maintenant avoir quitté, quelques mois auparavant, un appartement et une boutique complètement vandalisés. Une chose pourtant l'avait interpellée à ce moment. Les toiles de Maxime étaient posées, à même le sol, contre le mur près de la porte de l'atelier et n'avaient nullement été abîmées par ceux qui avaient vandalisé les lieux. Pourtant, depuis son retour, elle ne les avait plus vues. Elle passa un bon moment à déplacer ses toiles à elle, mais rien n'y fit. Les toiles demeuraient introuvables. Maxime ne pouvait les avoir prises. Maude saurait sûrement où elles avaient été rangées. Annabelle décida de mettre ce petit détail dans un coin de sa tête. Elle avait plus urgent à faire pour le moment. Une commande à livrer pour la fin de la semaine. La jeune femme se mit donc au travail. Elle voulait avoir tant à faire, car ses nuits étaient devenues aussi longues que ses jours. Ses larmes, elle les réservait au silence de son atelier. Cet endroit, qu'elle affectionnait tant, était le seul ou elle pouvait laisser libre cours à son chagrin. Oh ! Oui ! Sa sœur allait terriblement lui manquer ! Et si Maxime voulait prendre le bébé ! Il en avait le droit ! N'était-il pas son père ? Il suffisait juste qu'il aille le reconnaitre à la mairie ! Pourquoi avait-elle cédé à sa sœur et accepté de porter son enfant ?   Et maintenant devant la beauté et l'amour qu'elle portait à ce petit enfant, la jeune femme pensa que malgré tout, la vie venait de lui offrir un très beau cadeau. Une vie pour une autre. N'était-ce pas trop cher payé ? Où était-ce le prix à payer pour qu'elle prenne cette chance de pouvoir être mère ?

Et puis, il y avait Alejandro ! Cet homme à qui elle avait donné son cœur et qui n'avait pas compris le message de la toile restaurée. Comme il avait été dur d'aimer à nouveau pour être à nouveau rejetée.

Le chemin, pour retrouver une paix intérieure, serait long et tandis que la jeune femme reprenait son travail de restauration, elle ne put empêcher les larmes de glisser le long de ses joues pour venir mourir sur la toile à laquelle elle redonnait vie.

Annabelle travailla tard jusque dans la nuit et lorsqu'elle fut enfin bien fatiguée, elle regagna sa chambre sans bruit.

C'est à cet instant que Mildred, rassurée, trouva enfin le sommeil.

Chapitre 15

Mildred avait abandonné l'idée de rentrer chez elle. Elle ne pouvait se résoudre à laisser Annabelle seule. La jeune femme travaillait pratiquement jour et nuit. À ce rythme-là, elle ne tiendrait pas le coup longtemps. Le médecin avait diagnostiqué une dépression causée par le traumatisme du décès de sa jumelle. Mildred savait qu'il n'y avait pas que cela ! Alejandro Marquez semblait lui aussi avoir quitté la vie de la jeune femme. Elle avait essayé de le joindre à plusieurs reprises, mais ses appels étaient restés vains. Tout cela devenait complètement incompréhensible et Mildred, en vieille dame qu'elle était, ne comprenait plus rien à ce sentiment qu'on appelait l'amour. Et puis au milieu de tout cela, il y avait le petit Alejandro !

Une première nouvelle sembla donner le ton à cette journée pluvieuse. Maxime avait signé une décharge et avait quitté l'hôpital. Il était parti sans laisser d'adresse. Puis, un peu plus tard dans la matinée, un appel du « 36 Quai des Orfèvres » annonçait le rapatriement du corps de Charlotte Dupuy dans la journée. Il y avait donc maintenant des obsèques à préparer. Et Mildred ne savait pas si Annabelle serait assez forte pour supporter tout ce que cela engendrait ! Bien sûr, il y avait Maude. La gentille Maude qui était là et partout à la fois et qui dirigeait la vie d'Annabelle sans que cette dernière ne se rende compte de rien. Mildred était au milieu de tout cela et prenait sur elle pour ne pas dire à cette jeune personne tout ce qu'elle pensait d'elle. La vieille dame était là en tant qu'invitée et ne pouvait donc pas interférer dans la vie de sa jeune amie. Elle avait essayé à maintes reprises de l'alerter sur la façon de faire de cette Maude.

Annabelle ne voulait rien savoir. L'enquête était close et Maude avait été disculpée. Elle ne voulait nullement se mettre mal avec son amie.

Elle serait donc son chien de garde. Veillant et surveillant d'un œil discret tout ce qui se passait dans la boutique !

Une date, pour les obsèques, fut donc arrêtée et ces dernières seraient célébrées trois jours plus tard en la Basilique du Sacré-Cœur. Annabelle tenait à dire au revoir à sa sœur dans ce lieu où elle aimait aller se recueillir. En attendant ce moment difficile, elle vaquait à ses occupations. Chose nouvelle, elle laissait la porte de son atelier ouverte sur la boutique et venait parfois discuter avec les touristes sur la technique qu'elle utilisait pour donner vie aux toiles qu'elle peignait. Mildred comprit, à cet instant, que quelque chose avait changé. Petit à petit, la jeune femme se réappropriait sa vie. Et tandis qu'un client demandait à en savoir plus sur la technique de la peinture aux couteaux, elle demanda :

— Maude, saurais-tu où auraient été rangées les deux toiles peintes par Maxime ? Je ne les trouve pas. Elles me seraient bien utiles pour expliquer à ce monsieur cette fameuse technique.

— Elles ne sont pas dans ton atelier ?

— Non ! J'ai fouillé partout et pas moyen de mettre la main dessus. C'est à ne rien y comprendre.

— Je ne sais pas alors. Tu n'as pas dû bien regarder ! Veux-tu que j'aille voir ? répondit simplement Maude de son ton le plus mielleux.

— Il me semble pourtant les avoir vu il n'y a pas si longtemps que cela ! rétorqua Annabelle.

Puis elle regagna son atelier sans un regard en arrière.

Maude servit les clients présents dans la boutique et lorsque le dernier fut sorti, elle se mit en quête des fameuses toiles, ne sachant plus quelle attitude adopter vis-à-vis d'Annabelle.

Au bout d'une dizaine de minutes, elle se présenta à la porte de l'atelier.

— Je ne te dérange pas ?

— Non, répondit simplement Annabelle.

— Tu es sûre de toi lorsque tu dis les avoir vues ?

— Oh ! Je ne sais plus ! J'ai l'impression par moment de perdre la tête.

— Tu devrais te reposer.

— Me reposer ? Oh ! Non ! Je veux travailler jusqu'à oublier que je peux penser ! Et penser, c'est me ramener aux moments heureux, aux moments où ma sœur était là et bien vivante !

— Tu dois arrêter de te torturer ainsi. Tu as le petit Alejandro.

— Le petit Alejandro était l'enfant de ma sœur, et par la force des choses, il est devenu le mien ! Je ne dois pas oublier pourtant qu'il a un père !

— Maxime ! s'exclama Maude.

— Oui. Maxime ! Il a quitté l'hôpital !

— Je l'y croyais encore !

— Et bien il n'y est plus ! Il a signé une décharge !

— Depuis quand ? Crois-tu qu'il va venir ici ?

— Je ne vois pas ce qu'il y aurait de mal à ça ! Il a perdu, lui aussi, quelqu'un qu'il aimait, répondit simplement Annabelle. Et puis il y a son fils.

— Oui. C'est vrai. Je dois moi aussi être un peu déboussolée avec tous ces évènements. Je te laisse travailler. Je retourne m'occuper de la boutique.

Annabelle ne répondit même pas. Elle secoua la tête afin de chasser les larmes qui commençaient à poindre au coin de ses yeux. « Pourquoi Maxime avait-il survécu ? Pourquoi Charlotte n'avait-elle pas eu cette chance ? » Annabelle s'attendait à le voir arriver à sa boutique d'un jour à l'autre. La police l'avait déjà interrogé à son arrivée à l'hôpital et il n'avait pu apporter aucun élément nouveau. Le choc, qu'il avait reçu à la tête, avait provoqué une amnésie. Le plus difficile était de savoir si cette amnésie serait temporaire ou bien définitive. Et maintenant qu'il avait quitté l'hôpital sans laisser d'adresse, l'enquête ne risquait plus d'avancer. Et Annabelle désespérait de ne pouvoir jamais avoir de réponses à toutes les questions qu'elle se posait autour de la mort de sa sœur.

Le reste de la journée se passa dans un silence quasi monacal. Un froid semblait s'être installé entre les deux amies. Tandis que Maude faisait la poussière dans la boutique, Annabelle déplaçait les meubles de son atelier. Les toiles de Maxime ne pouvaient se trouver que dans cette pièce.

Mildred, alertée par le bruit, descendit voir ce qui se passait.

— Annabelle ! Que faites-vous ?

— Ah Mildred ! Je suis contente de vous voir. Vous allez pouvoir m'aider à déplacer ce meuble.

— Mais c'est beaucoup trop lourd pour nous deux ! Nous devrions appeler Maude.

— Non. Maude s'est absentée quelques instants et je ne veux surtout pas la déranger ! Fermez la porte de l'atelier, s'il vous plait Mildred.

La vieille dame s'exécuta.

— Qu'est-ce qui vous a fait changer d'avis ?

— Tout et rien. Le doute s'est distillé en moi tel le venin d'un serpent. Ces toiles n'ont aucune valeur marchande, mais… mais il m'est revenue à la mémoire que ces toiles intéressaient Maude.

— Et vous pensez qu'elle les a prises ?

— Je ne sais pas. Attendons de voir.

— Ne jamais accuser sans preuve telle est ma devise même si le doute persiste, répondit simplement Mildred.

— Je m'en veux de penser cela. Maude est, était ma meilleure amie ! Oh, je ne sais plus ! Ne disions-nous pas récemment que l'enquête était close et que Maude avait été disculpée ?

— Faute de preuves, crut bon d'ajouter Mildred.

— Cette « Faute de preuves » est pire qu'une rumeur qui détruit tout sur son passage. Et si nous tentions à nouveau de déplacer cette armoire ?

— Est-ce raisonnable ? Nous allons finir par réveiller le petit Alejandro.

Et les deux femmes, petit à petit, réussirent à bouger de quelques centimètres la vieille armoire. Aussitôt, un bruit, puis un autre se firent entendre. Annabelle se pencha pour regarder et découvrit les deux toiles manquantes.

Les deux femmes se regardèrent en silence. La discussion était close quant à la culpabilité de Maude.

Mildred examina les toiles et les trouva du plus mauvais goût. Maxime était un piètre peintre. Et quelle idée d'étaler la peinture comme des pâtés de sable.

Annabelle sourit.

— Maxime a voulu innover et inventer une nouvelle façon de peindre avec des couteaux. Cela ne ressemble plus à rien, mais je pense qu'il sera heureux de les reprendre, ne serait-ce qu'en souvenir de ma sœur !

— Oui. Sans doute ! répondit simplement Mildred qui semblait hypnotiser par le travail de l'apprenti artiste.

— Voulez-vous prendre quelques cours de peinture Mildred ?

La vieille dame sursauta.

— Non. Non. Un artiste raté suffit dans cette boutique ! Allons plutôt prendre une bonne tasse de thé !

— Oui. C'est une très bonne idée, répondit simplement Annabelle.

La bonne humeur était revenue dans la boutique. Annabelle semblait avoir repris le dessus. Un souci venait de lui être enlevé. Il en restait encore un de taille. La cérémonie des obsèques qui devait avoir lieu le surlendemain.

Tout était prêt. Les textes, les fleurs et la musique. Il ne manquait plus que la présence d'Alejandro. Comme elle aurait aimé qu'il soit là. Sa présence lui aurait permis d'affronter cette épreuve avec plus de force ! Quant à Maxime, Annabelle était moyennement surprise. Il avait la réputation de se servir des gens pour avancer. Pourtant il était le choix de Charlotte et cela, Annabelle devait le respecter. Une chose pourtant l'intriguait. Pourquoi avait-il quitté si vite l'hôpital ? Et de plus en signant une décharge. Était-il si pressé de rendre visite à son fils ? Pourtant, il n'était pas loin de sept heures du soir, et il ne s'était toujours pas présenté au domicile d'Annabelle. Il fut bientôt l'heure de fermer la boutique et Maude quitta sa place à sept heures tapantes.

Tandis que Mildred se dirigeait vers les appartements privés, Annabelle regagna son atelier. Elle se dépêcha de nettoyer les quelques pinceaux utilisés dans la journée. Soudain, des coups, portés contre la porte vitrée du magasin, la firent sursauter. Elle s'avança doucement. La nuit au-dehors tombait déjà.

— Revenez demain. C'est fermé ! cria-t-elle au travers de la porte.

Les coups redoublèrent. Par sécurité, elle ralluma les lumières de la boutique.

Au-dehors, elle reconnut tout de suite Maxime. Elle s'empressa de lui ouvrir.

— Maxime ! Mais que fais-tu ici à cette heure ?

Il entra rapidement.

— Ferme vite la porte !

— Mais que se passe-t-il enfin ? s'écria-t-elle.

Mildred, alertée par les bruits, descendit dans la boutique.

— Faut-il que j'appelle la police Annabelle ? demanda-t-elle simplement.

— Non Mildred. Cela ne sera pas la peine. Je vous présente Maxime, l'ami de ma sœur.

Avec l'arrivée de cet homme, le monde d'Annabelle venait une nouvelle fois de s'écrouler.

L'homme dont il était question se tenait appuyé contre le comptoir. Il avait le visage blême qui présentait encore de nombreuses marques dues à l'agression dont il avait été sujet. Mildred remarqua qu'il tenait à peine sur ses jambes. Cet homme était sur le point de défaillir.

— Annabelle ! Ce monsieur n'aurait jamais dû quitter l'hôpital ! Si nous ne faisons rien, il risque de s'écrouler à nos pieds. Tant qu'il est encore conscient, nous devons le monter à l'étage et lui trouver un lit !

— Un lit ? On va lui donner ma chambre et moi, je m'installerai dans mon atelier, répondit Annabelle surprise un instant par la demande de Mildred.

Les deux femmes aidèrent Maxime à monter l'escalier et à se mettre au lit. Annabelle récupéra quelques affaires personnelles et ferma la porte de sa chambre.

— Ne devrions-nous pas appeler un médecin ? demanda la jeune femme à son amie.

— Non. Je ne crois pas. Je pense qu'il est simplement épuisé. Cet homme revient de loin. Allons plutôt nous occuper de votre lit dans l'atelier et ensuite nous dînerons. Le petit Alejandro ne va pas tarder à s'éveiller.

Les deux femmes vaquèrent rapidement à leurs occupations domestiques. Le petit Alejandro, en adorable bébé qu'il était, but son biberon et se rendormit rapidement. Lorsque le moment d'aller se coucher fut arrivé, Annabelle et Mildred décidèrent d'un commun accord qu'il serait préférable de veiller sur le sommeil de Maxime. Au moindre souci, elles alerteraient les urgences. La nuit fut longue et emplie de questions que l'arrivée du matin ne réussit pas à résoudre. Pourtant une seule aurait mérité aux yeux d'Annabelle une réponse. Qu'allait-il advenir du petit Alejandro maintenant que son père était revenu ? Devrait-elle partager l'enfant de sa sœur avec cet étranger qu'était Maxime ? Car, une chose était certaine, elle ne connaissait rien de cet homme !

Chapitre 16

Les obsèques eurent lieues par une journée froide et pluvieuse. La basilique du Sacré-Cœur était pleine de monde. Annabelle n'en connaissait pas le un dixième. Il devait s'agir d'amis, de collègues de sa sœur. À cet instant, la jeune femme se rendit compte qu'elle ne connaissait rien de la vie de sa jumelle. La présence de tous ces gens était néanmoins le témoignage d'un grand respect et rien que pour cela, Annabelle en fut profondément touchée. De nombreuses gerbes de fleurs ainsi que des bouquets étaient placés sur et autour du cercueil blanc.

Elle était assise devant la dépouille de sa sœur, entourée de Mildred et de Maude. Le grand absent de cette cérémonie était bien sûr Maxime. Et puis peut-être Alejandro Marquez...

En cette journée funèbre, le petit Alejandro fut mis en garde chez une nourrice du quartier. De nombreux commerçants, par respect pour la douleur d'Annabelle, avaient fermé boutique le temps de l'homélie. La jeune femme leur en serait éternellement reconnaissante. Malgré tout ce monde, elle se sentait seule. Sa sœur, son double, avait quitté à jamais sa vie et assise devant le cercueil, elle comprit à cet instant l'étendue de cette perte. Les larmes, qu'elle avait longtemps retenues, se mirent à cet instant à couler. Charlotte n'était plus. Mildred la maintenait fermement contre elle et lui tapotait doucement la main pour lui dire « Courage » tandis que Maude semblait piétiner d'impatience et ne faisait que de se retourner pour observer l'assistance. Un simple regard de Mildred suffit à la faire se tenir tranquille.

Le prêtre commença enfin la messe. Annabelle ne quittait pas des yeux le cercueil et se laissait mener par le rythme de la cérémonie, assise, debout, et par les chants qui l'accompagnaient. Sa douleur fut au comble de son paroxysme lorsque l'Avé Maria résonna contre les voutes de la basilique. Puis vint enfin, la bénédiction. Un à un et tour à tour, les amis ou connaissances de la défunte, vinrent bénir le corps. Annabelle les regarda afin de remercier chacun d'un signe de tête. Puis, soudain, le bruit d'une canne sur le sol résonna à son oreille. Et il apparut devant elle. Il avait le bras gauche en écharpe et le visage tuméfié. Annabelle comprit à cet instant qu'Alejandro Marquez, bien que souffrant, n'avait pas manqué d'être là et tandis qu'il bénissait le corps, son regard rencontra le sien. La jeune femme comprit à cet instant la force de l'amour qui les unissait et le silence de l'homme qu'elle aimait ne pouvait être dû qu'à une indisponibilité de sa part. La réaction de Mildred ne se fit pas attendre elle non plus. Lorsque le tour d'Alejandro Marquez fut passé, les deux femmes se regardèrent. Point besoin de mots. Cet homme était souffrant.

À cet instant, Annabelle n'eut qu'une pensée. Pouvoir s'enquérir de la santé de l'homme qu'elle aimait. Elle se reprit pourtant. La longue file des gens se termina enfin. Elle procéda, précédée de Mildred puis de Maude, à la bénédiction du corps de sa sœur. Elle ne put à cet instant s'empêcher de toucher le cercueil. Cela serait la dernière fois qu'elle pourrait l'approcher ainsi. Elle prononça à voix basse ces mots :

— Au revoir ma sœur. Tu vas terriblement me manquer. Je te promets d'élever le petit Alejandro du mieux que je le pourrai. Je l'élèverai comme mon fils.

Puis la jeune femme éclata en sanglots. Mildred ne l'avait pas quittée un instant et la soutenait dans cette douloureuse épreuve. Maude se tenait un peu à l'écart, le visage fermé et où aucune émotion ne semblait transparaître.

— Venez Annabelle. Nous devons laisser ces messieurs des pompes funèbres à leurs préparations, dit simplement Mildred en maintenant la jeune femme tout contre elle.

Le reste de la cérémonie, Annabelle la vécut dans un brouillard total. L'inhumation au cimetière de Montmartre se fit sous la pluie. Le temps s'harmonisait parfaitement avec les circonstances. Lorsqu'enfin la jeune femme se retrouva devant la sépulture de sa sœur, elle laissa tomber une rose blanche sur le cercueil. Mildred se tenait derrière elle, prête à la rattraper si par malheur la jeune femme faisait un faux pas tant son émotion était intense. Elle resta là, un moment à repenser aux années heureuses. Sa sœur chérie resterait à jamais dans son cœur et puis il y avait le petit Alejandro. Aussitôt, elle releva la tête et un léger sourire se dessina sur ses lèvres. Elle prit un peu de terre sur le sol et la laissa tomber sur le cercueil. Puis se retournant vers Mildred et Maude, elle dit :

— Rentrons chercher Alejandro.

Les deux autres femmes acquiescèrent d'un signe de tête. Le maître de cérémonie remit à Annabelle le livre des condoléances. La jeune femme le remercia d'un signe de tête. Une vive émotion lui enserra de nouveau la gorge. Lorsque le temps des larmes serait terminé, viendrait alors le temps des souvenirs heureux.

Annabelle reprit sa marche. Il lui fallait trouver rapidement un taxi. Elle n'avait qu'une envie. Retrouver le petit Alejandro. Dans la rue qui longeait le cimetière, une longue berline noire avec chauffeur attendait. Lorsqu'elle arriva à sa hauteur, la portière s'ouvrit et Alejandro Marquez en sortit.

La surprise puis l'émotion firent stopper net la jeune femme.

— Permettez-moi, mesdames, de vous ramener à la boutique, proposa-t-il en homme de bonne éducation qu'il était.

— Oui. Merci.

Et tandis que les deux femmes s'installèrent, Mildred à l'avant et Annabelle à l'arrière au côté d'Alejandro. Maude, quant à elle, préféra rentrer chez elle à pied. Elle avait besoin de s'aérer la tête disait-elle. Annabelle ne dit rien, mais remarqua, à ce moment, combien cette dernière avait changé. Elle n'était plus celle qu'elle avait embauchée quelques mois plus tôt. Elle chassa vite cette idée saugrenue de son esprit. Non. En fin de compte, Maude n'avait pas changé. Elle avait toujours été ainsi. C'était elle, Annabelle, qui avait changé.

Les deux kilomètres qui les distançaient de la boutique furent effectués rapidement. Durant le trajet, de simples banalités furent échangées avec Mildred et il parla de l'accident de voiture dans lequel il avait été blessé. Annabelle ressentit à cet instant une vive émotion. Elle remarqua que même en position assise, il semblait souffrir énormément. Une chose importait à cet instant. Ne pas le laisser de nouveau quitter sa vie sans savoir lorsqu'elle le reverrait. Elle se jeta donc à l'eau et lui demanda :

— Vous prendrez bien un café, Alejandro ?

— Cela sera bien volontiers, répondit-il simplement en plantant son regard dans celui de la jeune femme.

À cet instant, un grand bonheur inonda le cœur de la jeune femme. Et malgré la tristesse du moment, elle se laissa aller à sourire, à espérer.

Lorsqu'ils furent arrivés devant la boutique, Alejandro donna congé à son chauffeur pour le reste de la journée. Mildred choisit cet instant, pour avertir Annabelle qu'elle allait chercher le petit Alejandro chez la nourrice.

Ils se retrouvaient donc rien que tous les deux.

La jeune femme s'empressa donc d'ouvrir la porte de sa boutique et invita Alejandro à y entrer. Elle remarqua à cet instant qu'elle n'était pas fermée à clé. Un oubli sûrement avec toute cette émotion, pensa-t-elle. Elle chassa vite de son esprit ce petit souci en voyant les traits tirés d'Alejandro. Il souffrait et il était inenvisageable de le faire monter les escaliers. Elle ouvrit donc la porte de son atelier et l'invita à s'assoir dans son fauteuil.

— Merci Annabelle.

— Je monte préparer le café. J'en ai pour quelques minutes.

— Allez-y. Ne vous inquiétez pas pour moi, répondit simplement Alejandro tout en fixant la jeune femme droit dans les yeux.

Un grand trouble envahit aussitôt la jeune femme.

— D'accord, répondit-elle, le rouge soudain aux joues, pour ensuite quitter très rapidement la pièce.

Et tandis qu'elle montait vers ses appartements, elle comprit combien il lui avait manqué ! Elle décida d'aller voir comment allait Maxime. Quelle ne fut pas sa surprise de constater qu'il n'était plus là ! Disparu ! Envolé ! La jeune femme s'inquiéta quelques secondes puis chassa vite ces pensées de son esprit. Elle n'était pas responsable de lui. Elle se remit vite à sa préparation. Quelque dix minutes plus tard, elle entrait dans l'atelier, un plateau dans les mains. Elle remarqua aussitôt qu'Alejandro avait quitté son fauteuil. Il examinait ses dessins. Dès qu'il l'entendit, il se retourna vers elle.

— Désolé ! Je ne voulais pas être indiscret ! s'excusa-t-il.

— Non. Ne vous justifiez pas, répondit-elle en posant son plateau sur sa table de travail.

— Toutes ces toiles, que vous voyez ici, font partie de mon univers d'artiste. Je ne me sens vraiment bien que lorsque je peins.

— Oui. Je peux très bien comprendre cela. Moi aussi, je peins à mes heures perdues, mais j'ai dû déjà vous en parler ?

— Oui. Un café avec du lait ? Un ou deux sucres ?

— Un café noir avec un sucre, s'il vous plait.

Un silence gênant s'était installé entre eux tandis qu'ils buvaient leur café.

— Et ces deux toiles par terre contre le mur ? Sont-elles de vous ?

Aussitôt, les yeux d'Annabelle s'arrêtèrent sur les toiles aux couteaux de Maxime.

— Oh, non ! Je ne suis pas une adepte de cette technique qui reste quand même magnifique lorsqu'on la pratique très bien. Ce sont les toiles qu'a peint, Maxime.

— Ah, je me disais aussi que je ne retrouvais pas votre coup de pinceau. Les traits me semblent tellement épais !

— Maxime a voulu se faire le maître d'une nouvelle façon de peindre. Il aimait à dire qu'un jour ses toiles vaudraient beaucoup d'argent.

— Il en peint beaucoup comme celles-ci ?

— Quelques-unes quand même ! Il en a fait cadeau à des amis à l'étranger. Ces deux-là sont les dernières qu'il a laissées avant de partir avec ma sœur. Je ne sais pas ce qu'il a l'intention d'en faire.

Annabelle ne dit mot à Alejandro de la présence de Maxime dans ses appartements. Le silence s'installa à nouveau entre eux deux. Le regard d'Annabelle sembla se noyer dans cette masse informe qu'étaient les toiles de Maxime tandis qu'Alejandro ne la quittait pas des yeux.

— Annabelle…

— Oui…

— Je ne vous ai pas encore remercié pour la toile que vous avez restaurée chez moi.

Une vive rougeur envahit le visage de la jeune femme. Elle leva la tête et rencontra son regard de braise.

— Ce n'est rien. Je voulais vous remercier de tout ce que vous aviez fait pour moi et le petit Alejandro, répondit-elle simplement, le regard toujours vissé dans le sien.

— Vous suis-je toujours aussi indifférent ?

— Indifférent ? Oh, non !

— Alors, c'est cette canne qui vous fait peur ?

— Non. Cette canne ! Je ne la vois pas. Je ne vois que cette souffrance que vous endurez ! Oh, comme je voudrais qu'elle soit mienne et que vous ne souffriez plus !

— Annabelle, est-ce bien ce que je crois comprendre ? Vous m'aimez !

— Oui. Je vous aime de tout mon cœur, de toute mon âme. Et je sais que je vous ai blessé !

— N'en parlons plus. Cela appartient déjà au passé et il y a longtemps que j'ai chassé cet instant de ma mémoire !

Il s'approcha d'elle et la prit tout contre lui. Il embrassa chaque centimètre carré de son visage et termina par un doux baiser sur ses lèvres.

— Je sais qu'il est trop tôt pour en parler, alors que vous venez tout juste d'accompagner votre sœur à sa dernière demeure, mais je n'aspire qu'à une chose, c'est que nous vivions notre amour au grand jour. Nous n'avons perdu que trop de temps. Je dois pourtant vous dire que j'ai déjà été marié une fois. La femme, que j'aimais, est morte dans un accident de voiture, termina-t-il sur un long soupir.

— Mon dieu. Comme je vous plains et comme vous avez souffert !

— Non. Dès l'instant où je vous ai vue, j'ai su qu'une deuxième chance d'être heureux m'était offerte. Une seule personne m'importait à présent et c'était vous. Vous êtes la madone que je rêve depuis toujours de peindre. J'ai eu très peur, la première fois que je vous ai vue et devant votre maternité avancée, qu'un autre homme eût déjà pris votre cœur.

— J'ai cru aimer un homme il y a longtemps et il m'a abandonnée le jour de nos noces. À partir de ce moment-là, je me suis juré qu'il n'y aurait plus jamais personne dans ma vie. C'était du moins jusqu'à ce que je vous rencontre, termina-t-elle par un léger sourire.

Ils restèrent un long moment dans les bras l'un de l'autre. Il n'y avait plus besoin de mots. Leurs cœurs battaient à l'unisson.

Et c'est ainsi que Mildred les trouva quand elle revint de chez la nourrice, le petit Alejandro dans les bras.

La vieille dame savait maintenant qu'elle pourrait retrouver son chez elle en toute quiétude.

Annabelle ne pourrait trouver meilleur protecteur que l'homme qu'elle aimait. Elle s'empressa de les féliciter tandis que le petit Alejandro passait de bras en bras, ravi d'être de retour à la maison.

Pourtant, devant tout ce bonheur, Mildred ressentit comme un malaise. Était-ce simplement le fait que Maxime n'avait pas été présent pour les obsèques de la femme qu'il était censé aimer ? Mildred chassa vite de son esprit cette idée pour ne se pencher que sur le bonheur d'Annabelle et d'Alejandro. Demain soir, elle serait de retour chez elle. Elle devait profiter au maximum de ces derniers moments de bonheur en famille.

Chapitre 17

Et la vie avait repris son cours. Mildred était retournée dans le sud de la France. La boutique avait rapidement retrouvé son train-train d'antan et les commandes affluaient pour le plus grand bonheur d'Annabelle. Le petit Alejandro allait sur ses six mois et grandissait entouré d'amour et d'affection. Alejandro Marquez avait demandé la main de la jeune femme et le mariage était prévu au printemps suivant.

Noël approchait maintenant à vitesse grand V et Montmartre brillait de mille couleurs. Annabelle peignait avec cœur sous le regard de sa sœur jumelle. La jeune femme avait terminé la toile et l'avait suspendue dans son atelier. Une façon de se dire qu'elle était toujours là, bien présente dans leurs vies à tous trois.

Cette histoire avait pourtant abîmé le lien d'amitié qu'unissait la jeune femme et Maude. Les choses ne semblaient plus comme avant. Annabelle se sentait responsable de cet état de fait. La police avait innocenté Maude, mais elle ne pouvait s'empêcher de repenser à ce que lui avait dit Mildred. « Maude avait été relâchée faute de preuves ». Cela voulait dire qu'elle n'était ni coupable ni innocente. Tout cela avait donc le poids de créer un doute dans l'esprit d'Annabelle. Et pourtant, malgré ce doute, et sachant que la loi stipulait qu'on était innocent tant que la preuve du contraire n'avait pas été apportée, elle ne pouvait se résoudre à la licencier. Elle n'avait commis aucune faute professionnelle et cette dernière était apparue dans sa vie au moment où sa sœur avait fait la connaissance de Maxime. Le départ de Charlotte avec son petit ami avait créé un grand vide dans la vie d'Annabelle. Et Maude était arrivée comme une envoyée du ciel, prenant soin de la jeune femme comme d'une sœur. Sachant s'éclipser lorsque Charlotte lui rendait visite sans Maxime. Elle avait été l'employée, l'amie rêvée.

Pourtant depuis la disparition et le décès de Charlotte, les choses n'étaient plus ce qu'elles étaient. Maxime avait disparu de la circulation et n'avait toujours pas apporté son témoignage sur les circonstances de la mort de Charlotte. La police le recherchait toujours. Tout cela était incompréhensible. Maude avait-elle vraiment changé ? Ou bien était-ce Annabelle ? Cette dernière ressassait sans arrêt cette question et elle ne trouvait toujours aucune réponse. Maude faisait toujours très bien son travail et s'occupait merveilleusement bien du petit Alejandro, mais ne faisait plus du tout d'heures supplémentaires. Elle invoquait toujours une raison pour partir à l'heure de fermeture même s'il y avait encore quelques clients dans la boutique, obligeant ainsi Annabelle à quitter son atelier pour s'occuper des éventuels acheteurs. L'adresse de Maude, elle ne la connaissait pas. Elle savait maintenant que la jeune femme arrivait et repartait à heures fixes. Quelque chose s'était irrémédiablement cassé. Maude restait dorénavant secrète sur sa vie privée.

En cette mi-décembre, tandis qu'elle allait fermer sa boutique alors que les derniers clients venaient de sortir et qu'il faisait grand noir au-dehors, un homme, vêtu d'un anorak noir avec la capuche relevée, entra tout à coup.

— Je suis désolée, monsieur. Je viens de fermer. Vous pourrez revenir demain si vous le voulez. J'ouvre à neuf heures, expliqua Annabelle.

L'homme se retourna, baissa sa capuche et regarda droit dans les yeux de la jeune femme.

— Tu ne me reconnais pas ? C'est moi Maxime ! répondit-il tout de go.

— Maxime ! s'écria aussitôt Annabelle.

La jeune femme ne l'aurait pas reconnu si elle l'avait croisé dans la rue. Il avait considérablement maigri depuis sa dernière visite. Son visage était pâle et son regard s'était creusé. Il semblait mal en point et cela se ressentait même par la difficulté qu'il avait à respirer. Annabelle ne savait que faire. Elle était tiraillée par le fait qu'il était mal en point et celui qu'il n'avait même pas participé aux obsèques de sa sœur. Que voulait-il ? Pas le petit Alejandro quand même ! Elle se décida donc à parler.

— Tu es venue voir Alejandro ?

— Qui ça ? répondit-il d'une voix agacée.

— Ton fils Alejandro !

— Ah. Il est né ! Je n'avais même pas remarqué que tu n'avais plus ton gros ventre !

Puis il s'assit sur une chaise près du comptoir. Il ne tenait plus debout.

Annabelle ne dit rien et ferma simplement la porte de sa boutique. Elle n'avait aucune envie qu'il s'éternise plus que nécessaire et de plus il ne semblait pas être venu pour l'enfant. Cela la rassura quelque peu, mais cette personne ne ressemblait plus en rien à l'homme que sa sœur lui avait présenté. Il fallait qu'il s'en aille et vite.

— Tu ne crois pas que tu serais mieux dans ton lit ! Tu n'as pas l'air très en forme ! se décida enfin à dire Annabelle.

— En forme ! Je suis en forme ! Qu'est-ce que tu insinues ? hurla-t-il soudain en se levant d'un seul coup de sa chaise.

— Je n'insinue rien. Je constate simplement que tu es pâle. N'aurais-tu pas quitté l'hôpital trop vite ! se hasarda-t-elle à répondre.

— Ils ne pouvaient plus rien pour moi et cette police qui veut m'interroger !

Il se dirigea vers l'atelier.

— C'était normal qu'ils t'interrogent. Charlotte et toi avez été victimes d'une agression quand même !

Il éclata d'un grand rire.

— D'une agression ? Ha ha ha ! Elle est bien bonne celle-là !

Annabelle s'approcha aussitôt de lui.

— Que veux-tu dire ? Tu as retrouvé la mémoire ? Il faut tout de suite le dire à la police. Tu ne risques rien à dire la vérité ! Toute la bande a été arrêtée !

— Tu m'embêtes avec tes questions ! Je vois que tu t'es remise à la peinture ! Tu n'as pas été longue à te remettre du décès de ta sœur !

Il titubait tout en lui envoyant ces paroles blessantes.

— Mais ma parole, tu es saoul ! s'exclama Annabelle.

— Oui je suis saoule ! Qu'est-ce que cela peut te faire ? lui hurla-t-il au visage.

Puis il commença à envoyer les toiles promener par terre.

— Arrête ça tout de suite ou j'appelle la police !

— Ça m'est égal ! Je l'ai perdue et je ne la retrouverai jamais ! s'écroula-t-il en sanglots.

Annabelle se sentit prise d'émotion pour cet homme qui pleurait aussi la mort de Charlotte. Elle s'accroupit près de lui et lui toucha le bras.

— Il y a encore le petit Alejandro. Tu ne dois pas l'oublier.

Il ne répondit rien et la regarda simplement.

— Je vais te trouver un coin tranquille pour te reposer. On parlera demain.

La jeune femme ne pouvait se résoudre à le mettre dehors ou à appeler la police. Il était l'amour de sa sœur disparue et le père du petit Alejandro. Demain, il serait temps d'aviser quant à la conduite à suivre. Elle l'aida à se relever et ils montèrent vers les appartements de la jeune femme. Elle lui donnerait sa chambre pour cette nuit et elle passerait la nuit sur le canapé dans le salon.

Une fois Maxime installé et endormi, elle vaqua à ses occupations. Une fois le petit Alejandro nourrit et changé, elle le recoucha.

La jeune femme peignit une bonne partie de la nuit. L'arrivée de Maxime et sa présence en ces lieux même, lui avait enlevé toute envie de dormir. Elle n'avait qu'une hâte, que le jour se lève et que Maxime quitte au plus vite son toit. Elle n'allait même pas en rendre compte à son fiancé, Alejandro. En tous cas, pas dans l'immédiat. Maxime disparaîtrait de sa vie comme il en était entré. De plus Alejandro était en voyage d'affaires pour la semaine et elle n'aurait voulu pour rien au monde, polluer, leurs appels téléphoniques hebdomadaires, de cet état de fait qui ne devait durer, tout au plus, que quelques heures. Il serait toujours temps d'en parler plus tard.

Le lendemain matin, peu avant neuf heures, elle ouvrit sa boutique. Le petit Alejandro l'accompagnait. Elle n'avait pu se résoudre à le laisser seul dans sa chambre sachant que Maxime dormait non loin de là. Annabelle avait fait le maximum de bruits, mais rien ne semblait pouvoir réveiller cet homme.

À neuf heures tapantes, Maude entra dans la boutique. Elle salua Annabelle d'un rapide bonjour sans même faire l'effort de se montrer à la porte de l'atelier. La jeune femme, occupée dans une restauration délicate, répondit à son salut d'un ton modéré. Le petit Alejandro s'était endormi et elle ne voulait surtout pas le réveiller. Les minutes passèrent et Annabelle, toute à sa restauration, ne remarqua pas, sur le moment, la conduite bizarre de Maude.

Et les clients commencèrent leurs défilés dans la boutique tandis que dehors la pluie tombait. De temps en temps, Annabelle pointait son oreille vers la boutique en espérant y entendre la voix de Maxime. Mais non. Il semblait toujours dormir. Le va-et-vient des clients continua encore un petit moment puis soudain la boutique retrouva son calme. Un calme qui fit place à un silence pesant. Annabelle tendit l'oreille. Aucun bruit ne venait de la boutique. Maude était-elle si occupée qu'aucun bruit ne transpirait par-delà la porte ouverte de l'atelier ? Annabelle s'inquiéta. Elle jeta un regard sur le bébé endormi non loin d'elle et décida d'aller voir ce qu'il se passait. Maude n'était pas dans la boutique. Elle ne pouvait être sortie. Son manteau se trouvait encore sur le dossier de la chaise. Elle ressentit, à cet instant, un vague pressentiment suivi d'un long frisson qui lui traversa tout le corps.

Aucun bruit ne lui parvenait de l'étage. Par sécurité, elle ferma sans bruits l'accès de l'atelier à clé ainsi que la porte de la boutique. Maude ne pouvait être qu'à l'étage et Annabelle monta doucement les escaliers qui menaient à ses appartements privés. Elle fit, toujours sans bruit, le tour de la cuisine, du salon, de la salle de bain. Toujours personne. Elle s'approcha donc avec précaution de la porte de sa chambre et posa son oreille contre la porte. Des chuchotements lui parvinrent et elle comprit à cet instant que Maude et Maxime étaient ensemble. À cet instant, mille questions lui vinrent à l'esprit. Qu'est-ce que cela pouvait-il vouloir dire ? Elle eut soudain une envie folle d'ouvrir la porte et de demander de quoi il en retournait. Mais la raison fut la plus forte. Il fallait à tout prix qu'elle sache et au risque d'être découverte, elle colla son oreille tout contre la porte afin d'entendre ce qu'ils se disaient.

— Tu te rends compte que je me suis inquiétée toute la nuit ! Quelle idée folle as-tu eu de venir ici ! C'est beaucoup trop dangereux ! Et si elle avait appelé la police ! demanda Maude.

— Elle ne se doute de rien ! Je n'ai pas pu m'empêcher de venir. Il faut à tout prix que je la trouve. Ils ne me laisseront jamais en paix !

— Je t'avais dit que j'avais déjà regardé partout ! Je ne sais pas où elle l'a rangé, mais je te promets que je vais trouver mon amour !

— Tu crois qu'elle ne se doute de rien ?

— Non. Ne t'inquiète pas. Elle est trop occupée avec son marmot et son Alejandro Marquez ! Bientôt, nous irons vivre notre amour dans un pays où personne ne nous connait. Je ne pourrai supporter de te voir à nouveau au bras d'une femme que tu n'aimais pas !

— Ah qui le dis-tu ? Je n'en pouvais plus. Le comble c'est qu'elle croyait vraiment que je l'aurais épousée une fois que le gosse serait né !

—- Oublie vite tout cela. Elle nous a été très utile pour nos affaires. Tu as eu raison de t'en débarrasser. Elle a été trop curieuse et à un moment ou à un autre, elle aurait parlé ! Elle n'est plus un souci ! Quand je pense qu'il a fallu que je joue la comédie de l'amie éplorée !

— Ne t'inquiète plus. Cela est presque terminé ! L'argent nous en avons assez pour vivre heureux jusqu'à la fin de nos jours. Il faut juste que nous récupérions ce dernier paquet et ils nous laisseront tranquilles ! répondit un peu plus fort Maxime. Retourne maintenant à ton travail. Il ne faut pas qu'elle s'aperçoive de quoi que ce soit. Et n'oublie pas d'aller me chercher une dose. Je suis en manque ! »

Annabelle entendit des pas dans la pièce. Elle décida qu'il était temps de descendre si elle ne voulait pas être découverte. Ce qu'elle venait d'apprendre l'atterrait au plus haut point. Comment avait-elle été assez stupide pour ne pas avoir eu foi dans le flair de Mildred ? Il était trop tard maintenant. Comment pourrait-elle paraître normale alors que maintenant elle savait qu'elle hébergeait l'assassin de sa sœur et que son employée était sa complice.

Annabelle réussit à regagner son atelier sans bruit en ayant auparavant pris soin de rouvrir la porte de la boutique. Par chance, pendant ce laps de temps où elle avait écouté à la porte, le téléphone s'était tu. Qu'aurait-elle fait si la sonnerie avait retenti ? Elle entendit de nouveau Maude bouger dans la boutique et s'approcher de la porte de l'atelier. Maude lui adressa la parole. Annabelle fit mine d'être concentrée sur son travail.

— Pardon ? Tu disais ?

— Tu es toujours sur cette même toile ?

— Oui. Je dois la rendre pour la fin de la semaine, répondit Annabelle, d'un ton qui se voulait le plus calme possible.

Soudain Maude remarqua le bébé.

— Pourquoi Alejandro est-il là ?

Que répondre ? Il fallait qu'Annabelle réfléchisse très vite. La seule chance de s'en sortir, le bébé et elle, était de jouer le jeu de ces deux comparses. Elle n'hésita donc pas un instant lorsqu'elle lui répondit.

— Je crois qu'il fait un peu de fièvre à cause de ses dents. Je préfère le garder à côté de moi. Je n'aime pas le savoir malade. Je me disais à l'instant où tu es entrée, que j'allais certainement le conduire chez le médecin cet après-midi. Cela ne t'embêterait pas de rester seule à la boutique pendant mon absence ?

— Oh non, pas du tout ! Je crois que tu as raison pour le médecin ! C'est préférable. On ne sait jamais ! Et surtout, prends ton temps, répondit Maude de son plus aimable sourire.

— Je te remercie. Je sais que tu n'aimes plus faire des heures supplémentaires et cela m'embêtait de te demander cela.

— Je crois que le décès de Charlotte m'a affectée plus que je ne pensais, mais maintenant je pense que je suis prête à travailler de nouveau quelques heures en plus !

— Ah, cela fait plaisir à entendre ! Moi qui croyais avoir perdu à jamais mon amie ! Je ne t'ai pas tout dit ! Maxime est là !

— Maxime est là ! Tu veux dire le Maxime de Charlotte ! fit semblant de s'étonner Maude.

Annabelle remarqua oh combien cette dernière était bonne comédienne et combien elle l'avait bernée pendant tous ces longs mois passés.

— Oui. Il dort dans ma chambre.

— Tu as prévenu la police ?

— Non. Ce n'est qu'un pauvre homme malade et affaibli par la douleur de la perte de la femme qu'il aimait, répondit tristement Annabelle.

— Tu as raison. Je prendrai soin de lui pendant ton absence. Emmène vite le petit Alejandro chez le médecin. Tu as rendez-vous vers à quelle heure au fait ? C'est juste pour savoir.

— Le médecin me prendra sans rendez-vous. Tout dépendra du nombre de patients qu'il y aura déjà dans la salle d'attente. Donc je ne sais pas vers quelle heure je serai de retour.

— Peu importe, répondit simplement Maude.

Elle semblait soudain avoir retrouvé le sourire.

— Il ne doit pas être loin de midi. Je m'absente quelques minutes. J'ai une course à faire à la pharmacie, continua-t-elle.

— Tu es malade ? s'enquit aussitôt Annabelle.

— Oh, non, non ! C'est pour un ami. Je lui avais promis que je lui ramènerais ses médicaments. Il ne peut pas se déplacer lui-même. C'est ce qu'on appelle la solidarité entre amis, termina-t-elle en souriant.

— Oui tout à fait, répondit simplement Annabelle.

Le petit Alejandro venait de se réveiller. L'occasion rêvée pour la jeune femme pour se détourner de cette conversation qui lui donnait envie de vomir. Maude quitta la boutique d'un bref « J'y vais » et Annabelle n'y répondit même pas. Elle ne savait pour le moment comment elle allait pouvoir agir, mais le prétexte du rendez-vous chez le médecin allait lui permettre de mettre le petit Alejandro à l'abri et de prévenir la police. La jeune femme devrait faire vite. Il ne fallait pas qu'elle laisse le temps à Maxime et Maude de s'échapper. Ils ne se doutaient de rien. Enfin, l'espérait-elle ?

Elle se dépêcha de préparer le repas du bébé. Pour elle, cela ne serait rien. Elle était incapable d'avaler quoi que ce soit. Elle était trop nerveuse et sursautait au moindre bruit. Elle n'avait qu'une envie. Quitter son domicile le plus rapidement possible. Elle n'espérait qu'une seule chose à cet instant. C'était que Maxime reste alité toute la journée. Les forces de l'ordre auraient ainsi le temps d'agir et donc de l'arrêter en même temps que Maude.

Annabelle eut beaucoup de mal à cacher tout le stress qu'elle ressentait. Si Maude se doutait de quelque chose, il en serait fini de l'arrestation. Elle prit donc sur elle, allant même jusqu'à demander à la jeune femme de tenir Alejandro, le temps qu'elle enfile son manteau. Et lorsqu'elle fut enfin prête à partir, elle la regarda, comme si elle la voyait pour la première fois. Et elle vit dans ses yeux une femme prête à tout, même à tuer. Dès cet instant, toute pitié et compassion disparurent comme neige au soleil.

En sortant de sa boutique, elle se dirigea vers le poste de police le plus proche. Elle n'avait pas un instant à perdre. Maude et Maxime ne devaient en aucun cas disparaître dans la nature. D'un bout à l'autre, sa sœur et elle avaient été manipulées, utilisées. Et Charlotte en était morte. Et c'est le visage en larme qu'Annabelle poussa la porte du poste de police. Un inspecteur, présent à cet instant, prit aussitôt note de sa déposition et appela en hauts lieux les services concernés.

Très vite, le cordon de police se déploya autour de la boutique. Et à quatre heures de l'après-midi, Maude et Maxime furent arrêtés pour meurtre, complicité de meurtre et emmenés directement au « 36 quai des Orfèvres ». Les forces de police n'eurent pas à engager de lutte. Les deux suspects furent simplement appréhendés sans aucune résistance. Le petit Alejandro et Annabelle ne retrouvèrent leur domicile que tard dans la soirée.

Annabelle eut la pénible surprise de trouver à nouveau son atelier en désordre. Ce qui eut pour effet de lui rappeler un certain incident similaire arrivé quelques mois plus tôt.

Chapitre 18

La veille de Noël était enfin là. Annabelle attendait sur le quai, de la gare d'Austerlitz, l'arrivée du train « Intercités » en provenance de Sète. Le petit Alejandro, bien emmitouflé dans sa poussette, regardait le va-et-vient des voyageurs chargés de bagages. La neige s'était invitée pour cette fin d'année et Paris semblait, pour l'occasion, avoir revêtu son grand manteau blanc pour la plus grande joie des petits et des grands.

Lorsque le train arriva enfin en gare, Annabelle longea le quai à la recherche de son amie Mildred. Cette dernière, ravie de revoir ses petits protégés, n'avait pas hésité un instant, malgré le froid, à entreprendre ce grand voyage. Au loin et par-dessus le flot de voyageurs remontant le quai, elle reconnut la vieille dame. Une vive émotion l'envahit aussitôt. Elle lui devait tant. Elle se remémora les instants de leur première rencontre.

Que serait-elle devenue sans l'aide de cette femme au grand cœur ? Annabelle chassa les larmes qui commençaient à lui piquer le coin des yeux. Le sourire lui revint lorsqu'elle remarqua le flot de bagages qui s'amoncelait autour de la vieille dame. Mildred semblait avoir emmené plus que le nécessaire et le regard de cette dernière s'illumina lorsqu'elle l'aperçut. Après les embrassades, elles se dépêchèrent de sortir de la gare. Elles n'eurent pas à attendre longtemps, un taxi se présenta à elles. Et tandis que le véhicule les menait vers Montmartre, Mildred n'eut de cesse de répéter combien Annabelle et le petit Alejandro lui avaient manqué.

Une fois arrivée à destination, la jeune femme laissa le temps à son amie de s'installer. La sortie du matin avait fatigué le petit Alejandro et elle se dépêcha donc de lui préparer son repas pour ensuite le mettre au lit. Les deux femmes pourraient ainsi déjeuner et parler en toute tranquillité.

Et tandis qu'à la fin du déjeuner, Annabelle servait le thé, Mildred s'enquerra de l'affaire qui leur avait permis de se rencontrer.

— Savez-vous Annabelle quand doit avoir lieu le procès ?

— Courant mars, je pense, répondit simplement la jeune femme.

— Quelle bonne chose de savoir que je peux enfin dormir sur mes deux oreilles ! s'exclama la vieille dame.

— Je m'en veux terriblement de ne pas vous avoir écoutée lorsque vous m'aviez parlé de votre suspicion à l'égard de Maude ! Votre légendaire flair ne vous avait pas trompé !

— J'aurais dû aller fouiller plus en avant, mais comme la police semblait réfractaire à cette idée, je me suis dit, après vous en avoir parlé, que je m'étais trompée. Il ne faut pas oublier que je ne rajeunis pas.

— C'est vrai. Comme nous tous d'ailleurs, répondit Annabelle tout en lui souriant affectueusement.

— Et Alejandro ? Quand doit-il nous rejoindre ?

— Il m'a promis qu'il serait là vers six heures. Il est tellement heureux de vous revoir aussi !

— M'accompagnez-vous à la boutique Mildred ou bien préférez-vous vous reposer un peu ? Ce soir, c'est le réveillon de Noël et nous allons dîner un peu plus tard.

— Je vous accompagne. J'aurai tout le temps de me reposer lorsque je serai de retour chez moi !

Annabelle prit le baby-phone et descendit à son atelier, suivie de Mildred.

La boutique avait été fermée le matin pour laisser le temps à la jeune femme d'aller chercher son amie à la gare. L'après-midi promettait d'être chargée. De nombreux clients devaient venir chercher leur commande pour le soir même.

Et tandis que la valse des clients commençait et qu'Annabelle emballait les commandes à mesure que les acheteurs les réceptionnaient, Mildred offrait à chacun des chocolats.

L'après-midi passa rapidement et tandis que la nuit descendait doucement et que la neige tombait au-dehors, les rues et les vitrines des magasins se mirent à briller de mille feux pour le plus grand plaisir du petit Alejandro qui les avait maintenant rejointes.

Lorsque le flot de clients se calma enfin, Annabelle entraîna Mildred dans son atelier afin de lui montrer le cadeau de Noël qu'elle réservait à Alejandro. La jeune femme ouvrit la grande armoire et sortit quelques toiles, qu'elle posa sur sa table de travail, pour atteindre celle qu'elle avait peinte pour l'homme qu'elle aimait. Annabelle avait tenu à la montrer à la vieille dame avant de l'emballer. Il s'agissait d'une copie de la Joconde.

— Qu'en pensez-vous Mildred ? demanda la jeune femme.

— Vous êtes une grande artiste Annabelle ! Alejandro ne pourra qu'apprécier ce magnifique cadeau qui a dû vous demander un bon nombre d'heures de travail ! s'exclama la vieille dame.

— Oui. Je le crois aussi. Je vais l'emballer et la mettre en dessous du sapin avant qu'Alejandro n'arrive, répondit simplement Annabelle.

— Faites ! Faites ! Pendant que je fais un peu ma curieuse et que je regarde ces toiles qui me semblent tout à fait curieuses.

— Ah, oui. Je n'y pensais plus. Ces toiles ont été peintes par Maxime. Il faut que je me décide à les jeter. Je ne veux plus rien avoir de cet homme ici !

— J'ai beau retourner celle-ci en tous sens. Je ne vois pas du tout de quoi il s'agit. Je ne vois qu'une masse informe avec d'énormes pâtés. Et c'est de l'art ? Un enfant de quatre ans ferait beaucoup mieux !

— Ce ne sont pas les seules qu'il ait peintes ! Il en a offert quelques-unes à des amis à l'étranger. Il disait que son art faisait fureur outre Atlantique. Je ne comprends pas que celles-ci soient restées ici !

Mildred continuait à les examiner en tous sens. Annabelle avait terminé son paquet et était montée le mettre sous le sapin installé dans le salon. Lorsqu'elle redescendit, la vieille dame n'avait pas terminé son examen. Une seule des deux toiles intéressait Mildred.

— Qu'avez-vous trouvé à celle-ci ?

— Une chose me paraît étrange !

— Étrange ? répéta la jeune femme tout en s'approchant de son amie.

— Oui. Vous n'avez rien remarqué ?

— Non.

— Soupesez là. Et soupesez l'autre maintenant. Ne trouvez-vous pas une différence de poids ?

Annabelle les prit et les soupesa une à une.

— Oui, en effet. Celle-ci est beaucoup plus lourde et cela ne peut être dû à l'épaisseur de la peinture ! Elles sont semblables ! Il n'y a que le poids qui change !

— Verriez-vous un inconvénient, Annabelle, à ce que nous les inspections d'un peu plus près, notamment en commençant par celle qui est la plus lourde ? Avez-vous quelque chose de pointu à me donner ?

— Vous m'inquiétez Mildred, mais je suis d'accord.

La jeune femme tendit, à la vieille dame, un couteau fin, celui-là même ayant servi à la technique de la peinture au couteau. Mildred posa la toile sur la table de travail et délicatement perfora les boursoufflures de peinture qu'elle avait quelques instants plus tôt qualifiées de pâtés.

Aussitôt, une fine poudre blanche s'en échappa sous les yeux surpris d'Annabelle. Mildred prit un peu de cette poudre et la goûta. Annabelle laissa faire la vieille dame sans rien dire.

— Bingo ! s'écria cette dernière.

— Quoi ? s'écria aussitôt la jeune femme.

— L'inspecteur en charge de l'enquête sera heureux d'ajouter à la longue liste des charges celle de trafic de drogue ! Maxime se servait de ses toiles pour transporter sa poudre sans être inquiété par la douane !

— Alors le fameux paquet, c'était cette toile ? Mais je ne comprends pas pourquoi ces trafiquants ne l'ont pas prise lorsqu'ils ont saccagé ma boutique et mon appartement ! s'exclama Annabelle.

— Tout simplement parce qu'ils ne savaient pas que la drogue était cachée sous la peinture ! Et si je fais de même avec l'autre, je suis sûre de ne rien y trouver ! Maxime devait préparer des toiles d'avance et y mettre la poudre qu'au dernier moment !

— Vous voulez dire que Charlotte est morte à cause de cette toile oubliée !

— Oui malheureusement Annabelle. Et j'en suis bien triste. Je crois que Maxime s'est servi d'elle d'un bout à l'autre et qu'il ne l'a jamais aimé !

— Vous n'avez que trop raison Mildred. Tout était savamment monté d'un bout à l'autre et ma sœur et moi n'y avons vu que du feu. Ils se sont infiltrés dans notre vie tel un poison. Comment avons-nous pu être aussi naïves Charlotte et moi ? répondit tristement Annabelle.

— Vous n'auriez rien pu y changer ! Ils avaient bien préparé leur coup. Nous allons remettre cette toile dans son armoire et nous chargerons Alejandro, dès qu'il sera là, d'appeler l'inspecteur en charge de l'affaire. Une chose est certaine Annabelle ! Avec cette preuve, Maude et Maxime ne sont pas prêts de sortir de prison !

—- Et tout cela, c'est grâce à vous Mildred !

—- Oh, je n'ai rien fait de bien spécial.

Annabelle remercia la vieille dame en la serrant dans ses bras puis elles rangèrent la toile dans le coffre de l'atelier. Avant de quitter la pièce, Annabelle jeta un dernier regard sur le portrait qu'elle avait peint de sa sœur. À cet instant, la toile lui parut différente comme si Charlotte avait retrouvé une certaine paix intérieure. Ses yeux brillaient d'un éclat qu'Annabelle n'avait jusqu'alors pas remarqué. Surprise, elle baissa les paupières quelques secondes puis les rouvrit. La vision qu'elle avait eue quelques instants plus tôt avait disparu. La jeune femme savait pourtant qu'elle n'avait pas rêvé. Et c'est avec un doux sourire sur les lèvres qu'elle éteignit la lumière et ferma la porte de son atelier. Elle savait maintenant que sa sœur reposait en paix et qu'elle veillerait sur elle et sur le petit Alejandro.

Et tandis que son fiancé arrivait et qu'ils montaient tous à l'étage pour réveillonner en famille, Annabelle se mit à rêver à un avenir meilleur pour elle et les siens.

Dépôt légal Octobre 2015